新华经典散文文库

年轻时去远方漂泊

肖复兴经典散文

肖复兴 著

陕西师范大学出版总社

图书代号：WX19N0283

图书在版编目（CIP）数据

年轻时去远方漂泊：肖复兴经典散文 / 肖复兴著. — 西安：陕西师范大学出版总社有限公司，2019.8

（新华经典散文文库 / 王笑东主编）

ISBN 978-7-5695-0617-4

Ⅰ. ①年… Ⅱ. ①肖… Ⅲ. ①散文集－中国－当代 Ⅳ. ① I267

中国版本图书馆 CIP 数据核字（2019）第 057397 号

年轻时去远方漂泊：肖复兴经典散文

NIANQING SHI QU YUANFANG PIAOBO: XIAOFUXING JINGDIAN SANWEN

肖复兴 著

出 版 人	刘东风
责任编辑	高 歌
策划编辑	刘 钊 许 泠
封面设计	吴黛君
出版发行	陕西师范大学出版总社 （西安市长安南路 199 号 邮编 710062）
网 址	http://www.snupg.com
印 刷	涿州汇美亿浓印刷有限公司
开 本	620mm×889mm 1/16
印 张	16
字 数	125 千
版 次	2019 年 8 月第 1 版
印 次	2019 年 8 月第 1 次印刷
书 号	ISBN 978-7-5695-0617-4
定 价	59.00 元

细雨还在飘飘洒洒，
仿佛是苍天祭祀他们而抛洒下的泪水。

《细雨台儿庄》

天池默默无语，荡起一圈圈涟漪，
圆圆的密纹唱盘一样，把这一切录进它深沉的湖心里。

《天池浪漫曲》

入川来，要想看水之秀美，当然要去九寨沟；
要想看山之险峻，必须要来剑门关；
要想看树之壮观，得要到古驿道。

《剑门古道》

时过境迁之后，过去的日子现在回想起来也有几分回味，
毕竟那都是童年和青春时节的记忆，即使是痛苦的，也是美好的。

《颠簸的记忆》

青春许多的事情乃至难忘的事情，就这样被一笔勾销，
连一点渣滓都被时光吞咽得干干净净，留给我的是一片空白。

《华梅西餐厅》

其实，有时候，人心需要一点脆弱。

《美丽的脆弱》

无论是在记忆里，还是在现实中，友情比爱情更长久。

《草帽歌》

许多往事，自己早已经忘记，沉睡在过去的阴影里，
往往是别人的回忆把它们唤醒。

《北大荒的教育诗》

北大荒的麦秸垛和豆秸垛，都让我无法忘怀，
是它们让我看到了生活中的美好与艰辛，
看到了青春如风，流年似水，成为我抹不去的回忆背景。

《麦秸垛和豆秸垛》

平安即福，是我们人类最朴素也最重要的祈祷。

《平安即福》

生命平衡的力量，其实就是我们平常生活的定力，
是我们琐碎人生的定海神针。

《生命平衡的力量》

有些一直在你心中存有美好想象的地方，最好不要轻易去。
风景只在想象中。

《风景只在想象中》

地名不仅是对历史的想象，是民间的情感，
是民俗化的表征，同时也是一种非物质文化遗产。

《高平的地名》

北大荒对于我既属于荒原，也属于乡土。

《荒原记忆》

目　录

Contents

第一辑／翠湖诗韵，荡涤在心头一隅

细雨台儿庄 /002

双瀑记 /006

到扬美古镇有多远 /008

杜鹃，杜鹃 /014

白马湖之春 /017

腾冲，腾冲 /020

辽河源八部 /024

崂山的前生今世 /028

川西三湖 /033

廿八都老街 /042

翠湖诗韵 /046

大理看花 /049

天池浪漫曲 /052

在历下古城穿街走巷 /055

大观园看《秋海棠》 /060

剑门古道 /063

第二辑／北大荒·致青春

今朝有酒 /068
白桦林 /074
颠簸的记忆 /077
借书奇遇记 /083
华梅西餐厅 /087
美丽的脆弱 /090
草帽歌 /093
地理课 /096
北大荒的教育诗 /098
后知青时代的“老三样” /101
赛什腾的月亮 /104
麦秸垛和豆秸垛 /107
复华去了柴达木 /111
北大荒那盏马灯 /117

第三辑／此去繁华，风景里有家

林荫路 /122
平安即福 /125
年轻时去远方漂泊 /129
生命平衡的力量 /132
海盐一夜 /136
好味止园葵 /138
谒荆轲墓 /141
风景只在想象中 /144
史可法的扬州 /146
高平的地名 /151
水的传奇 /157
山的传奇 /161
苍蝇馆子和洗脚泡菜 /166
礼花三章 /170
荒原记忆 /174
旅游心理学 /178

第四辑 / 远方，与异文明的相恋

布拉格的咖啡馆 /182
与石共舞 /186
西门町印象 /189
重逢仙客来 /194
威斯利访冰心 /197
草是怎样一点点绿的 /200
斯卡塔尼亚老街 /203
狼餐厅 /206
邂逅圣托贝 /209
芝加哥奇遇 /212
客厅里的鲜花 /215
水牛城辣鸡翅的味道 /218
女人花 /221
费城浪漫曲 /225
罗切斯特旧城漫步 /228
芝加哥听乐 /231

第一辑

翠湖诗韵，荡涤在心头一隅

细雨台儿庄

去台儿庄那天，天下着雨，整个台儿庄笼罩在蒙蒙细雨之中。灰蒙蒙雾一样的雨飘洒着，摇曳得远近的景物都有些变形，台儿庄还像是弥漫在一片未散的硝烟里，似乎战争刚刚结束不久。由于雨的缘故，路面很滑，汽车行驶得很慢，眼前的景色如慢镜头徐徐展开，历史仿佛悄悄向我走近，一下子可触可摸起来。

台儿庄！隔着车窗玻璃，我在心里禁不住轻轻地叫了一声。我觉得我和台儿庄一起都隐隐在疼。

在中国的抗战史上，台儿庄是一面旗帜。它让日本强盗为自己的罪行付出了代价，为自己掘开埋葬自己的坟墓。1938 年之春那场震惊世界的战役，日寇渡过黄河，让板垣师团和矶谷师团前后夹击台儿庄，妄图一举攻克济南，打通津浦铁路线，一口吞下中原。台儿庄，在这里矗立起一道血肉之躯建立起的屏障，阻挡住了侵略者骄横的步伐和无耻之梦。台儿庄，让日本强盗一万多人在这里丧生，也让中国将士付出了三万多人的性命。台儿庄，当我一想起这样的惊心动魄的数字，我就为你肃然起敬。我就能够感受得到你的怦怦心跳，你的碧血飞溅，你的呼啸呐喊。落日照血旗，马鸣风萧萧。

台儿庄！你被世人称为“中华民族扬威不屈之地”！

在当年尸骨成堆、断壁残垣的旧战场上，如今建起了高大漂亮的纪念馆。青灰色的花岗岩的石阶和两旁血红的鲜花，都沐浴在雨丝中，格外清新干净，灰得那样沉重，红得那样醒目。因为下雨，参观的人不多，四周安静得犹如深山古刹，远处田野里的玉米连接成无边的青纱帐，在如丝似缕的雨雾中摇曳着丰收的韵律，仿佛这里什么也没有发生过，就这样如同旅游胜地一样充满着和平与温馨。

圆屋顶覆盖下的展览大厅，四周是用实体和画笔结合勾勒出的战争图景。按动旋钮，声光影控制，音乐响起时，眼前的图景里突然炮火连天，刀光剑影，逼真成当年台儿庄战役的模样，甚至连当年拼死巷战，尸体横陈，堵死了巷口街头的情景都那样逼真。可除了当年在这里浴血奋战的人和当年壮烈牺牲的人的家属，谁还能够真正认识清楚眼前这环形立体电影一般的画面，是属于历史，还是属于今天？

其实，在我看来，再逼真，也只是仿造而已。不如留下当年战争中一段台儿庄坍塌的旧城墙，烧毁的老村庄，留下一段断壁残垣，留下一片废墟荒村，更为逼真，更为惊心动魄。我想起那年去日本，在广岛看见日本修建的和平公园，在鲜花盛开簇拥着的公园里，特意保留着当年原子弹爆炸后唯一留下的一座建筑物的残骸，如同恐龙骨架一样，斑驳凋零，突兀着，扭曲着，一派疮痍，让它与四周的花团锦簇做着醒目而残酷的对比，让世人永远忘记不掉战争的恐怖。他们把自己修建成一个战争受害者的形象，却遮掩着他们自己曾经就是这场战争的发动者；他们把别人投下的原子弹摆在醒目的面前，却把自己的炸弹埋在地下，在地上栽上缤纷的鲜花。

我想起电影《辛德勒名单》里那些弹着巴赫钢琴曲疯狂残杀犹太人的法西斯，和在广岛看到的鲜花下掩盖着鲜血的对比一样，刺激在我的心头。无论德国法西斯也好，日本法西斯也好，都是一类货色，我们与他们不共戴天。站在台儿庄当年的战场上，心里总觉得我们这里修建得太像公园了。我们流的血比他们多，在日寇残酷“三光”政策和血淋淋的刺刀下，无数中华民族的子孙死在那场战争中啊，那么多的地方变成了惨不忍睹的废墟，我们却没有保留一处真实的类如奥斯威辛集中营的战争遗址，也没有保留一处如同广岛那样哪怕只是一点儿战争残骸也好。

但是，这里毕竟是台儿庄当年的战场，站在这里，虽然多少有些遗憾，看不到废墟，闻不见血腥，听不到枪声……依然让我禁不住想起那些惨无人道的法西斯，他们就曾经在这里——不是他们的国土而是在我们的家门口燃起罪恶的战火，屠杀我们多少无辜的同胞，枪声炮声就在我的耳边响起，血流成河就在我的脚下流淌，罪恶和腥风苦雨就在我的眼前弥漫。站在这里，历史一下子显得很近，仿佛就在昨天刚刚发生过一样。历史，于我们很近，是一件触目惊心的事，会让我们感到可怕；历史，离我们太遥远了，就没有那么可怕了，就会逐渐被有形无形的时间、有意无意的距离稀释、淡忘乃至扭曲。

台儿庄，让我们记住这一点，记住鲜花掩不住志士们的鲜血，也掩盖不住侵略者的罪行。

就是在这片土地上，面对日本侵略者，五十九军军长张自忠将军战死疆场，第二集团司令孙连仲指着战壕对守城的师长池峰城说：“士兵打完了你自己上前填进去，你填过了，我就来填进去！”我们的中国敢死队员们站成了一排，掷地有声地扔下了发给他们每人手中的一块银圆，他们说：“我们上去，我们不怕，我们只要在我们死后的地上建一块纪念我们的碑！”他们这样说罢，慷慨冲向侵略者的炮火，义无反顾，全部阵亡。这悲壮的情景吓得侵略者胆战心惊，魂飞魄散，定格在1938年那血染的春天。如今，在他们牺牲的土地上，建起了这座宏伟的纪念馆。细雨还在飘飘洒洒，仿佛是苍天祭祀他们而抛洒下的泪水。我们会忘记他们吗？我们会忘记侵略者吗？我们会忘记战争吗？我们会忘记那一段历史吗？我们会忘记与这样一段悲壮历史交融共存的台儿庄吗？

台儿庄！

1996 年国庆节写于呼和浩特

双瀑记

嘹亮得如同法国圆号，从悠悠的云层中跌落在你面前的，花开一般绽放出层层的涟漪，飘逸而落湿润在你面前的，就是德天瀑布。它的后面便是越南的土地，它的右边还有一条板约瀑布，也属于越南了。

夏季，德天瀑布和板约瀑布会连在一起，是一道最为奇特的景观。它们浩浩荡荡地飞奔而下，会像是凭空而降的一支巨大的排箫，千孔万孔地喷涌出冲天的水柱，奏响轰天的交响，在四周千山万壑间响彻激越的回音，一派天籁，无限风情。它们你追我赶地、义无反顾地投奔在烈阳蓝天之下，迸碎出万千朵如雪的浪花，腾越起氤氲如梦的雾岚。

山和山是永远不可能走到一起的，但水哪怕隔开得再遥远，也是可能会走到一起的。眼前的德天瀑布和板约瀑布不就是这样吗？在冬天枯水季节，它们会分离，但是在夏天到来的时候，就迫不及待地又走到一起来了。所以，说它们是跨国瀑布（除了尼亚加拉大瀑布，它们是世界第二跨国瀑布）当然可以，说它们像是一对情人瀑布，不也分外恰当吗？

它们飞奔而下流淌进脚下的深潭里，然后顺着山势流成一条蜿蜒的归春河。阳光下，那一泓潭水碧绿如同一块凝结的祖母绿宝石，娴静得和头顶龙吟虎啸的瀑布呈鲜明的对比，仿佛是一对情人瀑布生出的一个和它们性格决然不同的孩子。

看了德天瀑布，一定要再看看沙屯叠瀑。两处相隔不远，一条归春河紧紧连接着它们。

层层叠叠，借山势将一道瀑布分割成七叠，便把一道水晶帘幕般的瀑布抖落成了新的模样，仿佛把一匹绸缎重新织成了一道七天云锦。呈阶梯状的瀑布，减缓了飞流直下的气壮山河，却多了节奏舒缓的绕指柔肠，犹如一位清秀的新娘拖着曳地的洁白长纱裙，响着带水声的湿润的琵琶音，顺着楼梯一阶阶款款走了下来，将身后的裙裾化作了沙屯叠瀑飞珠跳玉的奇观。两岸群峰竞秀，仿佛是无数艳羡而又无可奈何的失落者，只能够眼瞅着这位仙女一般神奇可爱的新娘花落旁家，远走他乡，一路叮咚叮咚响着快乐，迤逦而去。

雨过天晴时，沙屯叠瀑是另一幅奇观。山泉深处水涨情溢，两岸山峰含泪带啼，还有那山上的老树古藤，山间的云雾山岚，大自然搭起如此神奇的舞台，让一道七叠瀑布在这样的背景中蜿蜒次第而出。宛如一条轻歌曼舞的清纱白练，穿云破雾而来，仿佛从天而降的下凡仙女，飘荡在万绿丛中，一下子会让这里的风景显得儿女情长起来。

同为这一方山水里的瀑布，如果说德天瀑布充满阳刚之气，这里的七叠彩瀑则显得美人缥缈，一枝梨花春带雨。德天瀑布吹奏的是一支铜管乐，沙屯叠瀑演奏的是一首抒情诗。

它们在广西边陲，离南宁一百四十公里，远是远些，但值得一看。如果想到不多年前这里还曾经布满地雷，战争的影子笼罩在这里；如果再凑巧能买到一顶当年的绿色钢盔，不要那种仿制的，要带有伤痕或弹洞的——眼前这两道瀑布便洇染上了别样的色彩。

到扬美古镇有多远

到扬美古镇，从广西南宁出发，只有三十六公里。其实并不远，但由于路况赶不上高速公路，三十六公里的路程，颠簸迤逦而来，开车要走一个多小时，路显得远了一些。不过，依据我的经验，到一个类似古镇的旅游景点去，如果路况非常好，一路高速，平坦开阔，无遮无挡，一般那里也就容易人满为患，路是好跑了，景色却大打折扣，再画蛇添足搞一些人工景观，浓妆艳抹，就更不足为观，所以有人说人多的地方无风景，不无道理。

去扬美古镇的路，显得遥远而难跑一些，恰恰是吸引我的地方。藏在深闺人未识，扬美应该保存着最为淳朴美丽的特色，万籁俱寂，万物如洗，清新如同田野里的风，干净如同没有被污染的溪水，一定会让我一饱眼福而叹为观止。四年前，我去广西大新县看德天瀑布，就是和今天去扬美的情景一样，路也不大好跑，但是，到了那里一看，比想象的还要壮观，飞天而下的瀑布，溅落在静静的山谷间，响彻着旁若无人的轰鸣，觉得真是不虚此行。

所以，我相信，去扬美古镇，一定也会是不虚此行。

当路越来越细，人越来越稀，甘蔗林越来越密，香蕉树越来越郁郁葱葱，而风中裹挟而来的花香越来越芬芳诱人的时候，我知道，扬美古镇快到了。而这一路上在起起伏伏的山坡谷地上那一眼望不到边的甘蔗林、香蕉树，本身就是南国一派独特的风景线，先声夺人，让你对扬美多了一分期待。沿途并不宽也不平的公路两旁，远处青翠欲滴的山是画，近处清澈透底的水是画，村落前婀娜多姿的凤尾竹是画，古木参天的红木棉是画，一派金黄的稻田是画，放牧田野的水牛是画，哪怕是水边在风中摇曳的一茎苇草一只蜻蜓，天空中飞舞的一朵流云一片雾霭，路旁张望着一双明澈眼睛的牧羊犬和抖动着漂亮翎毛的山鸡，也都是一幅幅画。真的是车在画中走，人在画中游。如果换成在高速公路上跑，路的两旁都修剪成了整齐划一的街树和花圃，该是多么地单调。

如今古镇越来越被人们所重视，进而被开发成为旅游的景点。在江南，这样的古镇已经为人们耳熟能详，比如最有名的周庄、乌镇、同里或南浔。扬美，暂时还不能为外人特别是外地人所熟知，或者说起码不能够和上述的那些名声遐迩的古镇一样显赫。因此，来南宁的外地人，一般人更知道或者更愿意去北海、友谊关，再远一些的去桂林，而知道并愿意去扬美的，则很少。其实，扬美，比北海、桂林和友谊关等地方都近，更重要的是，扬美那独有的人文与自然风光，不假雕饰，不施粉墨，古朴而率真，可谓不著一字，尽得风流。

历史上古镇的形成，都首先和它的独特的地理位置有关。扬美也不例外，它镇守在左江、右江和邕江三江汇合口处，是进出南宁的西大门，成为交通要道。它三面环江，半岛的地形颇似一幅八卦图，也是风水先生极为得意之作，更是大自然鬼斧神工之作。据说扬美尚未建镇前，一片如雪的白花开满整个半岛，想来是更壮观的景色。

这座自宋朝时代就有的古镇，徐霞客曾经拜访过，并留下了这样的文字："自南宁来，过右江口，岸山始露石；至扬美江，石始奇……余谓阳朔山峭濒江，无此岸之石；建溪水多激石，无此石之奇。"我想当年徐霞客一定是乘船而来的，如果我们和徐霞客一样乘船来扬美，那沿途风光肯定更是不同凡响。

只可惜如今在扬美已经找不到一点儿徐霞客留下的踪迹，只能够迎风怀想当年他初次探访这里的惊奇和当时的古风悠悠了。如今扬美留下的建筑大多是明清时的，而且以清代的居多。在扬美最有名的八大古街和八大古景（龙潭夕影、雷峰积翠、剑插清泉、亭对江流、江滩月夜、青坡怀古、阁望云霞、滩松相呼），依我看来，最值得一看的是古街和古码头。因为我们是从陆地来的，所以先看到的是古街而后看到古码头，如果是从水路而来，从码头上岸，左边一条金马街，右边一条临江街，高高的拱形的石门，青砖蓝瓦，旁边是古老的水闸，一节一节的石阶，错落有致地从江面一直铺到石门前，须仰望才能够见到左右石门顶端书写得那端庄有力的"金马街"和"临江街"各三个隶书大字，先给古镇提神提气。而坐落在两街石门之间那棵历史在百年之上的老榕树，饱经沧桑的历史的老人一般，成为古镇威风凛凛的神。如今满树挂满人们祈福的红布条，迎风飘飘，仿佛满树飞舞的红色精灵。当然，也可以说是古镇最好的迎客榕和活图腾。

在这里眺望江水，江水在这里打了一个很大的弯，急流一下子变成了缓和的滩涂，仿佛一个烈性的小伙子，到了这里立刻脱胎换骨变成了一个温柔的姑娘。阳光下，波光潋滟，正有准备参加龙舟比赛的船队在那里练习，齐心协力划落下的桨，给平静的江水留下一串柔情脉脉的音符。如果赶上五月端午，江面上龙舟争先恐后，岸上面的人群大呼小叫。据说龙舟比赛的获胜者，会得到一份独特的奖品—— 烧猪头，获奖者要抬着这个烧猪头沿街游行一周，和奥运会上得了金牌一样地风光无限，那会是扬美最惊心动魄的一景。

可以想象得出，日出日落时分，是这里最恬静的时候，一派远避万丈红尘喧嚣的田园风光。朝霞纷披之中，晚霞辉映之下，村民踩着露珠荷锄下田，到沐浴霞光渔舟唱晚，悠然自得，信马由缰，是最中国古典化的理想境界。在这时分让时光倒流。

还有比这里更安静更超尘拔俗的地方吗？江水静得没有一丝波纹，山峰静得没有一点风声，人们像走进了阆苑仙境。你可以看见幽静的江水中山和天空神话般瞬息万千的变化，你能够听到云的呼吸，山的细语，阳光的律动，大自然的天籁之音，交响在你的心头。如果是夜晚来，你可以触摸深邃的湖水在夜色中和山峰的悄悄对话，月朦胧，鸟朦胧，莲动下渔舟，多少回忆在梦中。如果是微风细雨中，山连着水，水连着天，雨丝飘洒，整个湖水都在雨丝的飘洒中摇曳，你会随它一起飘飘欲仙。如果你想垂钓，或是游泳，或是放牧，你可以彻底脱掉沉重的盔甲，和这里的山这里的湖融为一体，让心里扑满田园泥土的芬芳和来自江面上的不带一丝尘埃的清风。

在这里，我见到一位老农牵着一头水牛，正从江边走来，那水牛干净得仿佛水洗了一般，我从没有见过那样干净得没有一点杂毛没有一点泥水的水牛，浑身的毛在闪着光，清澈的眼睛里也闪着光，觉得只有在这里才能够见到这样的水牛，这是一头从江中走来或是从天边走来的神牛。而在码头前，我从一位老婆婆那里仅仅花了一元五角钱就买了她刚刚亲手缝好的一双小红鞋，她还特别用红线在鞋底上一左一右分别缝上了“扬美”和“古镇”的字样，红红的颜色，是那样地明艳。她将一份梦想一起也缝缀在上面，让游人们带她和她的家乡远走天涯四方。

所以，当我走到码头的时候，发现从水路来扬美，然后拾阶而上再逛古街，才是最好的选择，悠悠的江水是扬美最好的序曲，静静的码头拉开了扬美最美的第一幕。

这时候再到古街来，才能够体味到古街的风味。一街古旧甚至有些颓败的建筑，才和江水与码头相匹配。那一街青砖蓝瓦的房屋，是江水和码头生长出来的情感和生命，就像树开出的花朵一样。

金马街上，最有名的莫过于五叠堂和梁烈亚故居了。它们都是清朝的建筑，木窗、屋脊和屋顶都有花草虫兽、龙凤蝙蝠和人物传说的浮雕或图画，那色彩经历多年而仍然存在，实在是奇迹。

五叠堂是五进五出的大宅院落，宽阔的大门和轩豁的院子，可以想象得出当年的风光与气派。如今是扬美最大的一家餐馆了，坐在这里古旧的木桌木椅旁，品尝着这里的美味佳肴（据说这里有宋代的火锅和宋代的药膳鸡，非常有名），再烫一壶梅子老酒，一定能够回到遥远的宋代去了。其实，这里的小菜也非常好吃，特别是梅菜和酸菜，和别处的味道不一样。而且，这里生产豆豉，有甜咸两种，特别是用木瓜炒的豆豉，更是别处少有的。

梁烈亚故居现在只剩下一厅三房和一座带厨房的小院子了，被他的一个远房的亲戚住着，在门口摆着一些香包做着小生意。梁烈亚是扬美古镇最赫赫有名的人物了，他和他的父亲梁植堂先生，都是辛亥革命的风云人物，都曾是孙中山的战友，梁烈亚还当过孙中山的秘书。他和他父亲在扬美的家曾经是孙中山领导的镇南关起义筹备会议的会址之一。只不过，那时，他们的家比现存的大多了，要占整个金马街的半条街。

临江街上的房子大多是清代的，被称为“清代一条街”。这种以砖瓦结构为主的房子，最早是始建于道光年间，然后经年整修，大致成为如今新旧杂陈的模样。青墙蓝瓦上的藤蔓蕨草，肯定不是当年的了，但脚下的青石板铺成的老路，却还是当年的。屋前房后，栽满着锦葵、吊钟、木槿和喇叭花，使得这条老街显得年轻而生气勃勃。间或香蕉、木瓜、柚子像顽皮的孩子似的爬上房顶，或探出院子，更显得情趣盎然。

据说，扬美出过四位进士、八十多位秀才，大多是出自临江街。进士屋和举人屋，都是这里的一景。其中黄氏庄园是最值得一看的，它建于乾隆年间，占地九百余平方米，分三座坐南朝北的独立庭院，东西有厢房，后面有厨房，光门就有大门、二门、侧门之分，屋檐都有青松、木棉、兰花、牡丹的装饰图案。其气派和阔大，大概只有梁烈亚的旧宅可以和它相比。如今，它已经历经黄家十代，一位后人在城里退休回来看管。偌大的一座庄园，只住着他一个人，便越发显得空旷。门口摆着一个箱子，上写“入门参观，每人五角”，你不交钱，他也不管，自己躺在侧门的廊檐的竹躺椅上睡大觉，一副归隐田园、与世无争的样子，睡梦中早已经回到前尘别世，草色人心相与闲，是非名利有无间。

你可能见过国内国外的许多大小名胜古迹，即使到广西，你也早见过桂林、北海风光，如果你没有到过扬美，你应该到这里来看看，你会涌出与在别处不一样的感觉，虽然这里显得破旧一些，到这里来的路显得难走一些，但真正值得一看的风光，正是不在于景物的簇新，不在于路途的笔直。到扬美来，你的心都会滤就得水晶一般澄净透明，不染一丝芥蒂，心随山静，意与水洁，这里淳朴的田园风光能够帮助你完成一个脱胎换骨的愿望。

2004 年国庆节写于北京

杜鹃，杜鹃

现在是看杜鹃花的时节。我国杜鹃花的品种极多，但有两处的杜鹃，最让人难忘，非常值得一看。

一处是湖南九嶷山的杜鹃花，九嶷山的杜鹃在 4 月开花。《史记》中记载：“舜南巡狩，崩于苍梧之野，葬于江南九嶷。”人们都知道九嶷山的湘妃竹，因舜帝葬于此而闻名，不大知道九嶷山的杜鹃，是因为传说中的娥皇和女英两位妃子千里迢迢逆潇水而上到九嶷，一路哭来，泪水滴落在竹上，紫痕斑斑，千年不落，才有了“斑竹一枝千滴泪，红霞万朵百重衣”的诗句。其实，娥皇和女英的泪水不仅滴在湘妃竹上，也滴落在杜鹃花上面。九嶷山的杜鹃一样有名，而且应该说比湘妃竹更动人。动人的是传说中说，舜帝未死之前，九嶷山漫山遍野开的都是红杜鹃，在舜帝倒地那一瞬间，满山的红杜鹃都齐刷刷地变成了白杜鹃，摇曳着齐为舜帝致哀。

连杜鹃花都知道舜帝教当地人制茶、办学堂，最后为百姓伏蟒受毒致死，而深得百姓的爱戴和怀念，才有了这样神话般的感应。想想一山的杜鹃在顷刻之间有了灵性，变了颜色，花随风摇，带动着巍巍高山也颜色陡变而随之摇曳，杜鹃摇曳着祭祀的白绸，山谷响彻悲恸的风声，该是多么壮丽的场面。从此，九嶷山每年4月，都是既开红杜鹃，也开白杜鹃。如今这时候到九嶷山，满山的红白杜鹃，扑扇着红白一对翅膀，把整个九嶷山带动得都飞起来似的，会让人迎风遥想，染上历史回味和岁月沧桑的杜鹃，不是一朵，也不是一丛、一片，而是漫山遍野怒放的红杜鹃、白杜鹃，真的是杜鹃之交响。

另一处是云南香格里拉碧塔海的杜鹃花，它们比九嶷山的杜鹃开得晚些，要在5月开花。碧塔海藏在香格里拉深处，一围群山，四处草甸，漫天清澈得像母亲怀抱那高原特有的天光云色，将碧塔海衬托得分外幽静而神秘。碧塔海周围遍布杜鹃花林，高原的红杜鹃，开得烂漫如火，似乎因为离着太阳近，把灿烂的阳光都吸收进花蕊里面，每一朵都红得像是要破裂得流淌下红色的汁液来，更是特别粗犷妖冶，肆无忌惮。

山野的风吹来，成片的杜鹃花约好了似的，“飞流直下三千尺”的瀑布一样飘落进碧塔海中，红艳艳一片，一天霞光云锦般地漂浮在水面上，燃烧的血一样荡漾。这时，会有成群的鱼闻香扑面游来，像是奔赴一年一次的情人约会而浩浩荡荡，争先恐后，那一份浪漫的豪情，如同高原上掠过的长风，一泻千里，无遮无拦。高原的鱼和花真是一样的秉性，也是豪放得很，喁喁着小嘴，贪婪地吞吃杜鹃花瓣，如同高原贪杯的汉子一样，不喝得一醉方休不会放下酒杯，吞吃杜鹃花瓣的鱼，便成群成片地醉倒，漂浮在碧塔海之上，成为高原最美丽的一景。当地人称之为“杜鹃醉鱼”。那种粗犷之中蕴含的平原湖泊中难得的浪漫（我们见惯的鱼大多被高科技的鱼食养得过于肥硕盛放于精致的鱼盘中，或养成华丽的观赏类金鱼置放于恒温的玻璃鱼缸里），首先得益于红杜鹃托风传媒，慷慨地举身赴清池的浪漫，方才与鱼相得益彰，如此风情万种，将碧塔海变成红塔海，让人叹为观止。

如果九嶷山的杜鹃是壮丽的杜鹃，碧塔海的杜鹃则是浪漫的杜鹃。

如果九嶷山的杜鹃属于神话，碧塔海的杜鹃则属于童话。

2005 年春于北京

白马湖之春

才出浙江上虞十里，山清水秀的白马湖便扑面而来，风也似乎清爽湿润多了。正是早春 2 月，想起朱自清先生在《白马湖》一文中曾经说过的：“白马湖的春日自然最好。山是青得要滴下来，水是满满的、软软的。小马路的两边，一株间一株地种着小桃与杨柳。小桃上各缀着几朵重瓣的红花，像夜空的疏星……”心里不住地想，此次来白马湖的时间真是选对了。

如同任何一场大革命退潮之后一样，拔剑四顾的茫然，都会让为之献身的人们无所适从。轰轰烈烈的五四运动落潮了，迎来的失望和落败的景象，让一群有理想有追求的文人，心中充满迷惘，他们不想在城市里醉生梦死浑浑噩噩，跑到了无论离杭州还是离宁波都偏远的上虞，寻找到白马湖这样一块世外桃源，去做点他们想做的又能够做的事情，给曾经在革命大潮中急剧澎湃的心找一块绿洲。想起他们，总会不由自主地想起柔石在小说《二月》里写到的萧涧秋，那样的“五四”热血青年，现在的人们早就嘲笑为“愤青”了。

真是想象不出了，1922 年的春天是什么样子的。为什么经亨颐先生在白马湖畔一招呼，那么多的文人，现在听起来名声那样显赫的文人，一下子就抛弃了都市的奢靡与繁华，都来到了荒郊野外的这里办起了这所春晖中学？当时号称“白马湖四友”，除了夏丏尊年长一点，1922 年是 36 岁了，朱光潜只有 25 岁，而朱自清和丰子恺只有 24 岁。现在，真的是难以想象了。那毕竟不是短暂的观光旅游。

走出校园的后门，过了树荫蒙蒙的小石桥，终于走到了经亨颐先生和夏丏尊等诸位前辈曾经走过的白马湖畔了。2 月春光乍泄，阳光格外灿烂，真的如朱自清先生所说的那样：“山是青得要滴下来，水是满满的、软软的。”一种说不出的感觉，从遥远的历史中涌出，蔓延在白马湖中，荡漾起波光潋滟的涟漪，晃着我的眼睛。

经亨颐的“长松山房”、何香凝的“蓼花居”、弘一法师的“晚晴山房”、丰子恺的“小杨柳屋”、夏丏尊的“平屋”……次第呈现在眼前。虽然“晚晴山房”是后来新翻建的，“蓼花居”已成废墟，但毕竟还有夏丏尊、朱自清、丰子恺的房子保持着原来的风貌。房子都是依山临湖而建，按照眼下的时尚，都是山间别墅，亲水家居，格外时髦的。但现在的房子所取的名字，能够有他们这样的雅致吗？“富贵豪庭”“罗马花园”……那些俗气又土气得掉渣儿的名字，怎么能够和“小杨柳屋”“平屋”相比呢？

名字不过只是符号，符号里却隐含着一代人心里不同的追求。小院里原来是种着菜蔬的，要为日常的生活服务，现在栽满花草，还有郁郁青青的橙树，越冬的橙子还挂在枝头，颜色鲜艳得如同小灯笼。屋子都很低矮，完全日式风格，因为无论经亨颐还是夏丏尊，都是留日归来，当年他们是春晖中学的创办者和主要响应者。走进这些小屋，地板已经没有了，砖石铺地，泥土的气息，将春日弥漫的温馨漫漶着。简朴的家具，能够想象出当年生活的样子。书房都是在后面的小屋里，窗外就是青山，一窗新绿鸟相呼，清风和以读书声，最美好的记忆全在那里了。

走出“平屋”小院，就是朱自清先生说的小马路，小马路前面就是白马湖，湖水在阳光下不住地闪耀。想起朱自清先生写白马湖的诗句：“湖在山的趾边，山在湖的唇边。”也想起他当年看到湖边系着一只空无一人的小船的时候他说过的话：“我听见了自己的呼吸，想起了‘野渡无人舟自横’的诗，真觉物我双忘了。”也许，可以这样说，前者是他们这一代人心中常常涌起的诗意，后者是他们所追求的境界吧？只可惜，这两样，如今的我们都缺少了，而且不以为渐渐失去的弥足珍贵。

朱自清先生在回顾白马湖的时候，还曾经说过这样的一句话：“我喜欢这里没有层叠的历史所造成的单纯。”这话让人沉思。倒不仅仅是单纯已经离我们越来越远，而是层叠的历史和心头层叠的灰尘污垢，越来越厚重，让我们无法清扫干净。白马湖，便在他们的生命中，而只能在我们的想象里。

2005 年 3 月 1 日于北京

腾冲，腾冲

在云南，地名的意思很不一样，同处滇西，“瑞丽”这个地名，山清水秀，亭亭玉立，显得女性味道十足；而腾冲，则有明显的男性味道，一股子水浪火焰腾空而起的气势，让人想起族人的那种高可触天的图腾柱。

我对腾冲向往已久，一直想看看屹立在那里的远征军第二十集团军抗日阵亡将士纪念塔，以及塔下面的烈士陵园。虽去云南多次，却一直没能够如愿。今年冬天，终于来到腾冲，坐在车上，从瑞丽驶向腾冲的途中，刚刚爬上高黎贡山，便看到云雾缭绕中群峰环抱，每一座山峰都像是虎踞龙盘，绵延起伏的阵势，就像一排排手挽手的赤裸着健壮胸膛的男人，静若处子，却随时都可以动如蛟龙，腾空而起。心里想，腾冲就应该是这个样子的，不是瑞丽的那种凤尾竹的秀丽，或是丽江的那种小桥流水的精致。

到达腾冲，第一站就直奔烈士陵园，现在叫国殇墓园。这是抗战胜利之后由辛亥革命老人、滇军抗战名将李根源先生力主修建而成的墓园，“国殇墓园”四个遒劲的隶书大字，也是李老先生题写的，就镌刻在门楣之上。牌楼式样的门是新装修过的，不大，因又是在街巷里面，并不怎么显眼。但是，走进里面，却是格外地壮观，整整的一座山，都是烈士冢，从山脚一直到山顶，布满一排排烈士的墓碑，每一块碑上刻着烈士的名字和军衔，简洁干净得如同一首荡气回肠的绝句。风霜剥蚀，墓碑残破斑驳，被苔藓浸透，字迹却依然那样地清晰，刀凿斧刻，每一道笔画，都浸透着方刚的血气，都迸发出心底的呼声，都有一段碧血丹心的故事。一路拾阶而上，一路的墓碑像行注目礼一样紧紧地跟随着你，铺铺排排，整齐的方阵，黑色的浪一样，由远到近，无声却极其有韵律地起伏着，蔓延在你的脚下，激荡在你的心里。看着碑上那些雕刻着中士、下士、上尉、少校的字迹，像是一幕幕画卷轰然展开，像是这些中士、下士、上尉、少校……还是按照当年作战的序列一样，整齐列队，手握刀枪，半跪着掩映在丛林草莽之中，在听候进攻的号角，随时都可以冲出来，腾空而越，一片呐喊，杀进血泊之中。你能够感觉到每一块墓碑上面都睁大一双血红的眼睛，在注视着你，在注视着前方。

因为到达这里已经黄昏，天色晚了，残留的晚霞也被树林所遮挡，烈士冢前一片森然，天光被蓊郁的枝叶滤下，像下着蒙蒙的细雨，萋萋芳草摇曳的山坡上，有一种湿漉漉的感觉，总觉得墓碑像是被水浸泡过一样，仿佛沉船刚刚被打捞上来，让你想蹲下来为它们擦拭。松风谡谡，吹得我的心头弥漫起哀婉却又深沉的乐声，像是一曲安魂曲，又像是一支肃穆悠长的弥撒，忍不住垂下头，强忍着没有落下泪来。这里埋葬着腾冲战役四十二昼夜里奋斗牺牲的二千三百四十六名将士（其中包括两位少将）的尸骨啊，在那场收复腾冲城的惊心动魄的战斗中，全腾冲的人同仇敌忾，敲着各家的洗脸盆为他们助阵。激烈的巷战，刀光剑影，血流成河，我们付出了九千一百六十八名将士的性命，却将六千多敌人全部歼灭。面对日本侵略者，中国人视死如归的英雄血气，在腾冲得到最淋漓尽致的体现。尽管当年腾冲全城毁于战火之中，两万多间房屋成了一片焦土，所有的树木都被炸倒烧毁，但是，今天的腾冲却是火中涅槃的凤凰一样，挺立在世人的面前。腾冲，配得上这样雄姿勃发的名字。

爬上山顶，矗立着一块玄色的方尖碑，上面写着“远征军第二十集团军克复腾冲阵亡将士纪念塔”。这不是用花岗岩、大理石或汉白玉，而是用一整块火山岩石雕刻而成的，整座烈士冢，就是一座小火山，腾冲，地处火山地带，冷却的火山的岩浆深处，成为烈士的归宿，当初喷发的炽热岩浆，曾经是烈士的一腔热血，烈士冢选择了好地方，火山是他们形象与心灵最好的写照，是他们死去的灵魂最好的外化和寄托。地热与心热，一起温暖到现在，让我们任何一个中国人到这里来，都会忍不住血流加速。熄灭了曾经冲天的火焰，储存在煤层一样，把每一寸悲壮的记忆铭刻在山里面，只要一星火苗，立刻能够把整座火山重新点燃。

走下山来，是忠烈祠，门额是于右任题写。祠堂前的山石上，有蒋介石题、李根源书的“碧血千秋”四个苍劲大字。祠堂内的四壁墙上都满满地镶嵌着石碑，一共七十六块，石碑上雕刻着全部阵亡的九千一百六十八位烈士的名字。由于到了闭馆的时间，祠堂里除了我，没有一个人，我可以细细地仰望着那每一位烈士的名字，想象着他们当时的样子，想象着他们如果活到今天的情景。每一位都是那样陌生，又是那样地熟悉、那样地亲近。我忽然发现墙上有些石碑是凋残的，有些名字已经没有了，或者是残缺了。显然，这是出自人工的破坏，这很正常，在“文革”中，这样的破坏，不仅腾冲一处。值得庆幸的是，毕竟忠烈祠整体保护了下来，毕竟烈士冢上那三千三百四十六块烈士碑都保护了下来，即使它们都被破坏了，整座烈士冢的火山还在，是搬不动的，是毁灭不掉的。这座火山，是烈士的忠魂，是正义的化身，也是世道人心。

暮色四合，祠堂里的光线愈来愈黯淡，一切恍若梦中一般，心里暗想，如果这时候，这些烈士突然复活，重新出现在我的面前，该是一种什么样的情景？眼前的一切，是他们希望的那样的吗？是他们想象的那样的吗？我们所做的一切，对得起他们的一腔热血、壮烈牺牲吗？望着那残缺的碑石上他们模糊的名字，我到底还是没有忍住眼泪，软弱地滴落在空旷无人的角落。

最后参观完展览室，走出烈士陵园，腾冲的朋友告诉我这样一件事情：当年克复腾冲的战役打得正激烈，一位战地记者拿着好几卷胶卷，到腾冲当时唯一的一家照相馆冲洗。照相馆的老板冲洗完之后一看，全部都是战火纷飞的场面，有的就是人面对着人，刺刀对着刺刀呀，他赶紧连夜又冲洗一套。整整九十六张照片，一直保存到1949年以后，到了“文革”，因为照片上拍的都是国民党的第二十集团军，生怕出事，就埋在他家的地底下。就这么着，这九十六张照片保存了六十来年，要不现在展览室里都找不到那么多珍贵的照片了。

我打听了一下，这位照相馆的老板姓张。正义，是毁灭不掉的；英雄，是无法从人民心头抹去的。这就是世道人心，这就是正义，这就是英雄，这就是腾冲。

华灯初上，我仍忍不住回头寻找刚刚拜谒过的烈士陵园，它在夜空中的哪个位置上？整座腾冲城淹没在璀璨的灯火和星光之中。我站在那里，久久地向它垂首致敬。

腾冲，腾冲！

2006年秋腾冲归来

辽河源八部

辽河源是契丹族的发祥地。如今，辽河源头的河流，当地人叫它老哈河，是契丹语的汉化，真正的契丹语唤作托果斯穆绫河。从语音来听，后者更充满异族的神秘味道。实际上，契丹族的诞生一直有自己美丽神奇的传说。《辽史》一书中早有记载，相传契丹始祖奇首可汗，就是在这条河上和天女可敦相遇相爱，生下八子，分为八部，其后代开创了统治北中国二百零九年的契丹王朝。

岁月的沧桑变化，契丹族早已经没有了，但他们留下来的历史遗存，和山川大地、日月星辰同在，所谓“秦时明月汉时关”。这些遗存，成为今天辽河源的新八部。

第一部，是进入辽河源前的山脚下，首先看到的是辽代墓道上的石雕。传说墓在石雕后面不远的一座山下。相传是辽代南院枢密副使陈国公窦景庸的墓，不过真正的墓找不到了，眼前一片青草萋萋，从山脚下一直摇曳到石雕前。但墓道依稀可以辨认，留下的虽然只有两尊石虎和两尊石兔，但代代乡亲们说这些石雕的位置从来没有动过，因此从它们相对而卧的方向上可以断定墓道的走向。墓道正对那座山。

同北京明代十三陵的墓道相比，这里有些荒凉，却由于历史更加久远，又没有一丝人工的修饰雕琢，显得更加古朴沧桑。这一部很重要，它不仅是进入辽河源的前奏，更是一份历史出具的可触可摸的证言，岁月沉甸甸的分量，浸透在石像和绵绵的草丛中。进入山里，还有好多更为壮观的辽代墓群、墓道和石雕，却没有这里的先声夺人，这里的石雕是辽河源的“迎客松”。

第二部，是马盂山。它是辽河源的主峰。马盂，是契丹人的一种酒壶，骑马行军必带，挂在马下，所以叫作马镫壶；状似鸡冠，又叫鸡冠壶。由于在县博物馆里看到过出土的辽代瓷制的鸡冠壶，再看马盂山，真像，只是有些像是压扁了一些的鸡冠壶。弯弯的鸡冠一角，也像是故意俏皮地垂下。想欧阳修为它写过的诗句“古北岭口踏新雪，马盂山西看落霞”，晚霞辉映的时候，该是非常迷人的，那一壶酒里淌满了沉醉的霞光，是契丹人的酒神。在马盂山山顶有个山洞，很有名，叫龙母洞，坐北朝南，深不可测。神奇在于它长年滴水不止，也不知道滴了多少年。契丹人敬畏的四神之一为青龙，所以将这个洞叫龙母洞，原始的自然崇拜，让这个神奇的洞赋予山顶上的寺庙祭祀的感觉。

第三部，是这里的石头。石头是山的子孙，一石一世界，一石一性格。形似而望石生义，历来是人们赋予石头的一种爱好。这里也有很多这样的怪石，比如神龟献宝、佛手通天、鳄鱼望江、石熊探海、海豹试冠、卧羊凝思……和其他一些山上见过的类似这样形似的石头不同的是，一般的石头是一整块巨石，顶多两块或几块石头依偎一起。都是天然形成，这里风化得更是鬼斧神工，如煤层 般密密地 叠叠码起来的，颇像人工而为，而且颇有几分现代派的雕塑或搭制艺术的感觉，仿佛千年之前大自然和如今的人们心灵感应而息息相通。

第四部，是这里的水。既然是中国七大水系之一的辽河的源头，当然，水是重头戏。和流淌千里的辽河中下游相比，这里的水清秀，而且是由无数条涓涓细流汇合而成。特别有趣的是，那些细流有的根本看不见，只听见它们隐在林中或石后，斗曲蛇弯，东奔西突，像和你在捉迷藏。要不就像是待嫁的新娘，有些羞涩，一直到汇合处才撩起了红盖头，携手一起浩浩荡荡奔流而去，像是赶赴一场集体婚礼。

第五部，是树林。树林是山的毛发。茂密的树林，是山生命旺盛充满活力的象征。这里的树林覆盖率达 80% 以上，树种颇多，除蒙古栎林之外，最引我兴趣的是白桦林，这种只在北方寒冷的地方才有的树林，除了在新疆的阿尔泰和东北我曾经插队的北大荒见过，这里还有着如此大面积的白桦林。特别惹我瞩目的是，除常见的白桦，还有黑桦。这让桦树林如同黑白木刻有了对比，有了呼应，像男女声二重唱。

第六部，是草甸。和城市人工修剪的草坪绝对不一样，依托高山的草甸，随山势起伏，有了韵律，会呼吸一般，连带着山脉都在动。这里最有名最开阔的草甸叫作王爷牧场。以往，这里是历代皇帝包括萧太后骑马打猎的地方。《契丹歌》唱“平地软草天鹅飞，契丹千骑晓打围”，同匈奴人唱的《敕勒歌》“天苍苍，野茫茫，风吹草低见牛羊”相比，同样的草甸，一个苍茫，一个则清秀，天鹅对应牛羊，让这里更充满灵气。特别是草甸上的花，为灵气飘香。紫色的丹参、红色的野草莓、白色的野百合、淡蓝色的柳兰、妖冶的野罂粟。还有从来没见过的鸽子花、铃铛花、地急花、胭脂花……把草甸织成五彩斑斓的天衣。特别是状似莲花、花色金黄、茎直叶阔的金莲花，应该就是辽河源的花神。

第七部，是后山下的九龙蟠杨。它是中国最古老最奇特的一棵杨树，一般杨树，只能活一百多年，它却活了一千多年。它一根两干，九根枝杈如蛇一般曲曲弯弯，枝叶参天，铺铺展展，像一片小树林。从东西方向看，树冠颇像中国的地图。据说中华人民共和国成立之初，大军开车进山安扎营房和电线杆，不小心碰折九根枝干中的一根而使其枯死，神奇的是，枯干的上方又伸出一枝来，如今枝繁叶茂。这棵九龙蟠杨，可以称作辽河源的图腾。

从第一部墓道石雕上山，到第七部九龙蟠杨下山，辽河源便落下了帷幕。

当然，还有第八部，是它的传说。这里每一个地方都有属于辽河源自己的传说。别的不说，只说这里人极其喜欢的萧太后，她的梳妆台、她的太后椅，都已经固化在这里的山山水水之中了。美丽的传说，是游览风景时的背景音乐。

2011 年 8 月 16 日于北京

崂山的前生今世

当年，郁达夫游览崂山之后讲："要讲伟大，要讲耐人寻味，自然是外崂沿海一带，从白云洞、华严寺到太清宫的路。"这自然讲的是崂山的前山阳面。崂山是道教的发祥地，讲究的就是阴阳。崂山阴阳两面的风光，是自然的体现，也是道教的象征。

郁达夫讲的崂山阳面的伟大，是没有错的。面朝大海，春暖花开，历来被称为"山海奇观"。不过，要说到耐人寻味，应不囿于阳面，后山阴面自也有另一番味道。

一般游人，是要到阳面登山观海的。太清宫，便是登崂山的第一站。站在太清宫上，海风谡谡，水天相连，大海一览无余，俯视波涛，与在青岛栈桥前平视浪花簇拥在脚下的感觉，完全不同。这是山的缘故，有山的相依和衬托，人和海的位置发生变化，天低海也低了，道教讲究的"天人合一"的感觉才会油然而生。想李白诗中的咏叹"我昔东海上，劳山餐紫霞""愿随夫子天坛上，闲与仙人扫落花"，那种人与大自然物我相融的意境，那种求道成仙而徜徉天坛的情景，应该是登临崂山最佳之道。这时候，崂山自身就是一种自然的宗教呢。

崂山是一座有着自己宗教信仰的山。也就是说，有着自己的魂灵。除了道教，它还有着自己的通俗而平民化的教义。据说，崂山人讲究拜狐仙，尊狐图腾，认为狐有三德：德行中庸，尊卑老幼，以及“狐死必首丘”的不忘本。因此，自古崂山人视狐为瑞兽。在崂山东南一面有座华严寺，专拜狐仙，庙中的神位上塑有一位白胡子老人，尊称为“胡三太爷”，每年农历正月初八为其生日，人们要举办庙会，焚香敬拜，渔民要把新打来的鱼虾供奉上来，让狐仙保佑众生的安康。这大概是世上众多名山都没有的奇观。

据清代学者顾炎武考究崂山名字的由来，认为是秦始皇当年慕名而登崂山，因山路险峻，必得万人开道，千人拥挽，百官扈从，劳民伤财，所以“齐人苦之，而名曰劳山”。加了山字旁的“崂”则由此衍化而来。我是赞同这一说法的，由此认为正是如此苦之、劳之，人们才将这座三面环海的大山赋予了那样世俗的信仰，祈望从古至今不变的福祉。这样来自民间的宗教信仰，与后来渐渐形成的道教，自下而上，互为表里，让崂山有了生命，有了魂灵，有了精神，而不止于香火。一座山，千百年来，一直被人登临而朝拜，总有它的道理存在，潮起潮落的海水拍打，日月星辰的岁月更迭，花草树木的精气滋养，日子和人心的一起累积，才形成了这个道理。

我一直想，从阳面登山而观海，更多的是山海合二为一给予我们的这些人文景观的感想，海天茫茫，壮观而易于迎风遐思悠悠。历史丰盛的馈赠，内化于岁月，外化于自然。或许，就是郁达夫讲的伟大吧？

在阳面，崂山的自然景物，也就不仅仅具有自然属性，而染上了这种历史和信仰的浓郁色彩。从太清宫，过逢仙桥、神水泉，到三皇殿或三清殿，看到的那些古树参天，无疑是最好的注解。两千多年的汉柏，一千三百多年的唐榆，一千多年的宋银杏，还有七百多年的黄杨，五百多年的绛雪山茶……特别是那株汉柏，另有一株凌霄缠绕着它飞上蓝天，让古树有了生命，更让我们感受到了历史，感受到了一种神的力量。据说，这株古柏在漫长的历史中，有两处被雷电劈焦，其中一次是“文革”中，红卫兵要来烧毁这座道观，前一天的夜里突然被雷电劈焦，人们认为这是神发出的警告，红卫兵再也没敢上山，太清宫被保住了。这让我不禁想起契诃夫说过的话：森林能够教会人们领悟美好的事物，树木是我们人类的老师。我来到这里的时候，正下着蒙蒙细雨，仰头看古柏，真有两处被烧焦，但那株凌霄正在开花，火红色的花朵把阴雨弥漫的天空映衬得格外明亮。这里的树木真的都有神性，即使枝叶不动，也能够让人感受得到，只要有一阵风吹来，它们就能带动着整座山飘飘欲飞。

其实，从阴面后山登崂山，看树别有一番味道。崂山有意思，面积只占山东省的0.28%多一点，占全国的更少，不到0.005%，但是，植物的物种数却占了山东省的近60%，占全国的近5%。如此物种丰富，是因它地处植物南北过渡地带，属于亚热带之终，暖温带之始，即地理位置的阴阳之交。前山阳面属于前者，后山阴面属于后者。太清宫一带，近似淮河流域，号称“小江南”，拥有诸多红楠、黄檀、山茶、乌柏、漆树、木樨、樟树、喜树、柳杉、柘树、流苏树、四照花、熟锦黄杨等众多亚热带树种。阴面则完全不同，与辽宁和吉林南部气候相近，号称“小关东”，拥有白桦、紫椴、糠椴、蒙椴、桤木、槭树、山杨等众多典型北方树种，至于北方常见的赤松、黑松、麻栎就更多得蔚然成林了。这样明显的南北对比，像是诗歌里的对仗一样，让崂山成为不可多得的兼有南北特色的植物园，那些不同色彩不同性格不同品性的树木，分别站在阴阳两地，唱着一曲多声部的男女声大合唱。

显然，崂山阳面更男性化，阴面更女性化。一个北相而南心，一个南貌而北魂。前山宜凭栏远眺，看得见崂山的前生；后山宜信步闲游，看得见崂山的今世。前山厚重，后山闲适。前山更遵从历史，后山更崇尚自然。

当然，从阴面登山，更主要的是看水。让崂山阴面名声大振的是北九水。北九水有外九水和内九水之别，一共加起来近十公里长。一般人看的是内九水，大约三公里，不远不近，路程正好，老幼咸宜。崂山三宝之一就是它的泉水，九水之泉在崂山主峰巨峰北麓的太乙泉，泉旁有国民党统治时期青岛市市长沈鸿烈题写的“源泉”的碑石。泉水由此流下山来，一路曲折蜿蜒，拐一道弯，为一水，和北京房山的十渡风景区取名原理近似。所不同的是，它每一水旁有两座形态各异的潭水，像是泉水流淌下来一路留下的孩子，留恋风景，贪玩而不肯再走。一共留下了十八个孩子，所以又叫作“九水十八潭”。沿淙淙泉水溯源而上的感觉，和阳面登山观海的感觉大不相同，后者只可远观，这里却可以亲近。同样是水，这里的水是甜的，既可以掬手，又可以入口。如果阳面看崂山，看得更多的是自然的精神；那么，阴面看崂山，看得更多的是自然的本色。前者像是欣赏一幅古画，后者则像是吟唱一首民谣。

爬到第九水之处，是阴面崂山的华彩乐章。有三叠而落的潮音瀑，飞珠跳玉如一位风情万种急不可待表演的女子；有幽深难测的靛缸潭，沉静得如一个旷世已久的梦。坐在它们旁边的茶座上饮一杯崂山绿茶，刚才爬山时的一身汗顿时飞散，心也滤就得如水晶一般透明，会觉得这里的泉水是海水的一种幻化，让水和山一起呈两种形态，完成了这个梦境的回环。

据说，对北九水的开发，要感谢沈鸿烈，当年他当青岛市市长的时候，修通了从青岛栈桥到这里的公路，并修了沿九水逶迤上山的砂石路。还应该感谢他的是，那时，他重视文化人，邀请了叶恭绰、杨振声、梁实秋、沈从文、蹇先艾等人来北九水。他还将德国人留下的营房改建为别墅，用来接待贵宾。自古山水人文是合在一起的，再好的山水也是要名以文传。北九水的日渐有名，最早得益于此。这让后山的人文色彩有别于前山，前山更多的是簇拥在李白、苏轼、蒲松龄等古代文人的笔下，后山则更多的是体现现代文人的情怀。春天来的时候，前山古庙前盛开韵味古老的山茶花，后山漫山遍野则开满了生机勃勃的野杜鹃。

七十八年前，即 1933 年的夏天，沈从文在北九水看见一位身穿孝服的姑娘，在水边烧完纸钱后，提了一桶水袅袅而去。沈从文忍不住想起了家乡湘西“起水”的风俗。他的著名小说《边城》里的主人公南方姑娘翠翠，他说就是从北九水这位姑娘身上获得的灵感。

或许，这是北方与南方在崂山的一次不请自到的邂逅，也是崂山自身阴阳的一次情不自禁的融合吧。

2011 年 11 月 12 日写毕于北京

川西三湖

成都之北新都的桂湖、新繁的东湖，与成都之西崇州的罨画湖，并称“川西三湖”。三湖的风光，固然各有各的不同，但最重要的不同：三湖分属唐、宋、明三朝，也就是说，出成都城二三十公里，用不了多长的时间，便可以足踏三朝风云，横跨千年历史，领略往昔的烟雨迷蒙，把历史显影并定格于今天风景的山水与亭台楼阁的形态之中，将无形化为有形。在如此紧凑的地理区域里，可以浓缩这样的历史断代层，便如同看冰川，一眼望尽历史清晰而色彩纷呈的层叠，实在是别处难得一见的奇迹。所以，我说要看，必要三湖连在一起看，才有意思，才过瘾，才得要领，才获真谛。这是一部三集连台本的大戏，前应后合着情感与人物的种种细节和轨迹。

桂湖属明朝。三湖中面积最大，湖面最开阔，号称“川西第一湖”。相传是杨升庵年轻时在这里的湖边遍植桂花树而得名，又有说桂湖是杨升庵的读书处，也有人说是他的故居。当然，这样的传说，本不必较真。当年，湖是官湖，并不是杨家的私家花园，杨升庵中第入仕之前，怎么可以有权跑进湖中遍植桂花树？他家那时候住在城里的状元巷（这个名字也是因为杨升庵中了状元后改的），离着湖还有一段距离，他可以跑到湖边来玩，也可以到这里读书，但怎么可以绕湖沿堤种植一圈桂花树？

那天，参观桂湖，我将这疑问抛给年轻的解说员。她听完不置可否，只是咯咯地笑，我们大家也都笑了起来。其实，任何传说都表达着百姓心中对历史对人物的评判尺度，是人们代代口口相传中渗透进来的感情。杨升庵是四川是成都更是新都人的骄傲。杨升庵是明代著名的文学家，在京为官时刚正不阿，因对明武宗、世宗两代皇帝直言犯谏，而遭受贬黜，乃至发配充军，最后客死他乡。如此颠沛流离的命运，自然更会博得人们的同情和敬重。这样两重原因，桂湖归属于杨升庵名下，并让他植桂花树于满园之中，便可以理解了。桂湖是人们感情的外化，桂子飘香，是杨升庵灵魂或精神的一种飘逸，四季轮回，往返于人间和我们的心中。

事实上，桂湖中最重要的建筑升庵祠，是清代道光十九年（1839年）一个叫张丰书的县官到新都上任后，敬重杨升庵而修建的。至于香世界、澄心阁、绿漪亭等亭台楼阁，更是后建的。桂湖中的老建筑，如杨升庵夫妇婚后曾经住过的榴阁，如今难见了。但这一切并不妨碍桂湖的高大形象，后人对桂湖的维护与扩建，恰恰说明其地位与价值，获得了时间的考验与认可。在现存的成都城内外所有的湖中，没有比桂湖更为轩豁的了。

桂湖，最值得看的，其实不是湖，而是春天里大门口的紫藤，夏天里湖中的荷花和秋天里满园的桂花。荷花哪里都有，桂湖的荷花，赶不上北京北海和白洋淀里荷花的声势浩大。但桂湖里的紫藤和桂花却是别处哪里也比不了的。

那两架紫藤（有人说象征着杨升庵和他坚贞的妻子黄娥，当然是比附，是人们美好的心愿），左拥右抱，纵横交错，长近百米，覆盖面积四百余平方米，春天的时候，绿叶如盖，紫藤花如蝶飞舞，更似紫瀑倾泻，或似一条紫龙腾空，是园中最为触目惊心的景象。在全国所有的园林中，我从未见过这样巨大的古藤，称之为紫藤中的巨无霸，应该是当之无愧的。同为明朝的古藤，与杨升庵、解缙并称“明代三大才子”的徐渭徐文长绍兴老宅里，他亲手种植的那架古藤，也难与之比抵。漫不要说徐渭没有杨升庵那样的骨气，投降在严嵩严党门下当走狗，而后又翻云覆雨，甚至连自己的妻子都杀了，就是古藤本身也难敌桂湖的这样铺天盖地的壮观。或许，花品里有人品，便忍不住想起美国生物学家迈克尔·波伦说过的：“花的背后有一个帝国价值的历史，花的形状和颜色以及香气，它的那些基因，都承载着人们在时间长河中的观念和欲望的反映。”他称郁金香、百合、兰花，是植物界里的莎士比亚、弥尔顿和托尔斯泰。那么，桂湖里的紫藤就应该是植物界里泽畔长吟的屈原，起码也是和杨升庵命运相似的苏东坡，或是路谪八千的韩愈吧？

十多年前的秋天，我第一次来桂湖，正赶上桂花盛放。仿佛赶上了一场新嫁娘隆重的婚礼，花香馥郁，如同婚轿和贺喜的人群，从入门处开始，一直逶迤着，拥挤着，摩肩接踵，水流一样，弥散到园子里四面八方的角角落落。举目之处，身临之处，向往之处，处处都是桂花之香。金桂、银桂和四季桂，仿佛小姑娘、少妇和老夫人，齐齐崭崭地都跑进园中看新娘，个个裙袂叮当，衣襟带香，沾惹得空气中都是散不去的香味。我还从来没有闻过这样浓郁的花香，几近醉人。同别的花香相比，桂花的香味属于浓郁，要香就搅得周天香透，绝不做遮遮掩掩，不屑于扭扭捏捏的小家子气和故作姿态的含蓄状，是花中的烈性子，迸发如潮，按捺不住，如烈酒。这一点，暗合了杨升庵的心性与品性。

想想，一座园林，有这样一种紫藤，有这样满园桂香，有这样一个硬汉子杨升庵，也实属难得。要颜色有颜色，是那种高贵的紫色；要香气有香气，是那种浓烈的天香；要人物有人物，是那种谭叫天式高亢入云的正派老生。

罨画湖，是三湖中我最向往的，因为罨画湖几乎可以称为放翁之湖，而我对放翁最是向往。

虽在杜诗中有“东阁官梅动诗兴”的诗句，但诗中写得很清楚，唐朝时那里不叫罨画湖，只叫东阁，因在崇州县衙之东，又叫东湖。而“官梅”一词，更说明那属于官湖。那时候在县衙之东开湖造园，几成风气，却未成气候。东湖真正成气候，是在宋代。即在北宋嘉祐时期，东湖才日渐扩建，湖深水阔，林繁花盛，远近闻名起来。直到宋赵汴游后写道：“占胜芳菲地，标明罨画池。”罨画湖，才第一次被命名，而不胫而走。罨画湖的意思，是说天光云影，树影花影，一起映照在湖中，一湖美景，如画如绘。而这之后不久，正是放翁来四川并到崇州做小官的时候。我猜想，好风景也需要人物来衬托方显其美吧，放翁来得正是时候，仿佛舞台上料理停妥，就等他出场了，湖光山色，花草树木，才因此亮了起来。

放翁到四川八年，在崇州近两年时光。在他八十余岁的生命中，两年的时间不长，却分量不轻。他所作有关崇州的诗有一百四十余首，我算了算，他在崇州不到两年的时间里，一共写下了整整七十首诗。而他在崇州，就住在罨画湖畔，这七十首诗便也全部写在罨画湖畔。我曾猜想，那时罨画湖虽然风景不错，但并不太适合住人，县太爷便没有住在那里，看放翁的诗，说他住的地方在罨画湖之东，一个叫怡斋的地方。“怡斋”这个名字不错，雨季里却是常常屋漏墙湿，房顶落瓦。放翁诗里不止一次地说：“涨水及栏雨败墙”，“雨多幽草上墙生”，“湿菌扶疏生屋梁”，“屋顶时闻坠瓦声”。至于酷暑，更是难熬：“挥汗驱蚊废夜眠”，“薄书围坐如居窑”。他那个怡斋，居住的条件一定并不怎么样。

但即便如此，罨画湖风景独幽，崇州人人情独厚，还是让放翁度过了两年难忘的日子。因为他所写的诗句中更多是罨画湖的美丽："冒雨莺不去，过春花续开。""凭栏投饭看鱼队，挟弹惊鸦护雀雏。""青萍叶过知鱼动，朱阁帘开看燕归。"在他的诗中，可以看到他念念不忘吃到的苦笋、紫笋、薏米、巢羹，看到的百亩东湖竹林，唐安（唐安为崇州的古称）的红索琵琶。而且，他在罨画湖里娶妾并生下了儿子，他在罨画湖度过了他五十岁的生日，还有他一生难忘的好友张季长。为此，他特别为自己写了五十自寿诗，还曾经写下这样其乐融融的诗句："晚花藏密叶，新笋铺疏枝。硕果畦丁献，芳缪稚子斟。"颇有些乐蜀思蜀，难怪他写出这样的诗句："小阁东头罨画池，秋来长是忆幽期。""江湖四十余年梦，岂信人间有蜀州。"蜀州，即今天的崇州。

可以想象，如果少了放翁，不仅罨画湖，就连整个崇州，都少了多少情趣。我去罨画湖，看见了清人在重修罨画湖扩湖挖湖清理淤泥时用河泥堆成的湖心亭上的罨画亭，却没有找到怡斋。在放翁诗中，还看到有漱玉窗、苹凤阁、放怀亭，都没有见到。朋友引我到湖的东侧，指紧靠湖边的一间小屋说：相传这就是放翁的故居。也就是说，是怡斋了。北窗临湖，方位是对的；门前有两株罗汉松，是后栽的了。朋友说：当年在这里拍电视剧《红楼梦》时，用这里做大观园的厨房。

紧靠罨画湖有陆游祠，湖祠双辉，联袂成趣。祠是后建的，地址未变，最早祠建造于明朝，几代荒废，几代重建，说明放翁一直是崇州人所爱。现在从罨画湖到陆游祠的路上，还可以看到一个空场，四围有方正的一圈树木，想来以前该是祠堂的一部分。如今的陆游祠，分大门、序馆、正馆和后院，一条笔直的线路贯穿，有种一线通天的感觉。

大门门楣上有吴作人题写的“陆游祠”匾额，门两侧有张爱萍将军题写的门联“怀壮志统一国土，含悲愤夙愿未酬”。首先彰显放翁军人与壮怀激烈的一面。门左面的墙上是川师大教授王文才先生撰文刻录的碑文《崇庆陆游祠记》，它记录了20世纪80年代重修陆游祠的经过，表达崇州人对这位伟大的诗人的感情。

序馆“香如故堂”的匾额，李一氓所题，会让人立刻想起放翁最为人所知的那一阕《卜算子》——“零落成泥碾作尘，只有香如故”——是他的情怀缱绻的一面。里面的正堂的匾额“放翁堂”，黄苗子题写。据说这里的院子以前种有白梅红梅各一半，可惜，白梅后来全都枯死了，我来的那一天，红梅正放，如烟霞一片，开得那样让人心动。

走出“放翁堂”和“香如故堂”，站在门前的台阶上，不宽的甬道旁植有几株楠木，笔直参天，如果成排成林，该是另一种森森气象了。看来，祠堂还是显得有些新，但罨画湖足够老，那里有金弹子木、银杏、老桂和古楠，都有几百年的历史了。它们曾陪伴放翁“婆娑东湖上，幽狂足自娱”那两年难得的日子。老树古木，总让我躬身敬重，它们比再伟大的人物都活得长，见证历史，也让我们能够回望历史，将历史上书写的一行行文字，化为苍劲枝头上一片片绿意葱葱的叶子。在罨画湖，这些古木老树枝头上绽放的便是放翁不朽的诗行。

东湖是三湖中最老的湖，属唐朝，且是我国现存唯一一座唐代的园林。我国现存的园林大多是清代的，明代的都少见。去东湖那天，天刚放晴，阳光出奇地好。一连几天成都阴雨绵绵，让东湖一直湿漉漉的，充满湿润的期待。

东湖在成都北三十多公里处的新繁，现在是成都的郊区了，咫尺之遥。我是从东湖后门进去的，遗憾未能先看到前门“唐贤胜迹”的横匾。后门镶在古城墙之中，是后开的，门不大，但有古城墙的衬托，显得古色古香，特别是阴雨的淋漓，使得城墙青苔斑驳砖石浸润得格外沧桑，没有进门便对里面充满厚重的想象。

东湖当年在县衙之东，因之得名。唐宋时，官湖开在县衙东，几成传统，或是图紫气东来的吉兆吧。此东湖是唐时为官居宰相的李德裕在新繁当县令时所建。最早见诸文字是五代孙光宪《北梦琐言》："新繁县有东湖，李德裕为宰日所凿。"难得的是千余年的风霜雪雨变化至今整体骨架未动，前后两湖——砚湖和万花湖，唐代风光依旧，还保留着当初的唐风唐韵。

好多人都以为我们的古迹和欧洲不同，欧洲是石头的建筑，而我们则是木头的建筑，所以难以保存。其实，这是一种误解，关键在于维修和保护。由于东湖历代都有维护和修建，它才得以存活至今而出类拔萃。特别值得一提的是，清同治年间任新繁知县的一个叫程祥栋的人，自己从薪水里掏出两千贯捐助翻修东湖。我不太弄得清这两千贯到底值多少钱，但看他新修了怀李堂，清湖底的淤泥筑蝠崖，在蝠崖上建青白江亭这样的多重项目，应该颇为可观。有意思的是，包括程祥栋在内的历任修建东湖的县太爷都为东湖留下了诗文，而不是仅仅动动嘴。

之所以这么多朝代的县太爷对东湖情有独钟，在我参观一圈东湖之后，明白了，因为他们都敬重和新繁相关的三个人。一个是唐代的李德裕，一个是北宋的赵抃，一个是南宋的梅挚。他们的官职有大有小，李德裕官至当朝宰相，赵抃时任封疆大吏西川节度使，梅挚只是地方的一个小官。但是，他们都有两个共同的特点，一为官清廉，一为百姓做过实实在在的好事，而不是那种"三年清知府，十万雪花银"的贪得无厌者。看来，历朝历代，人们对于当官的要求和期待，就是这样简单明了的两点。你做到了这两点，人们就记住你，做不到，遗臭万年。

李德裕是高官，也是诗人，是真正的诗人，全唐诗里收录了他的一百四十余首诗，称赞他“身在大位，手不去书”。他在成都时，平定南诏和吐蕃入侵，让百姓安居乐业，起到重要的作用。有意思的是，如今李德裕的遗迹东湖独存，说明新繁人对他的厚爱。据说，李德裕当年在东湖亲手植下四株柏树，历经千年，一直到民国期间还在。人们特别在古柏前修建了古柏亭。一个军阀手底下的士兵，在古柏的树洞烧纸，把树点燃烧死，新繁人不干了，最后军阀只好把士兵枪毙才平息民愤，足见人们对李德裕的感情。

赵汴时任御史，因一身清廉，不畏权贵，被称为“铁面御史”。他任成都州府时，一次路过新繁，看见湔江清澈见底，感慨道：“我们当官的，就要像这江水一样保持自己的清白才是！”从此，当地人把湔江叫作了青白江，一直叫到了今天。程祥栋在蝠崖上才修建了青白江亭，站在那里，青白江一览脚下，那从雪山融化下的雪水汇成的江水，确实是清澄明澈，如练如镜。

梅挚是新繁人，一生清清白白为人，认认真真做事，骨头还硬，敢于直言上疏。他写过一篇著名的文章《五瘴说》，所谓“五瘴”，是直斥为官的五病：“急征暴敛，剥下奉上，此租赋之瘴也；深文以逞，良恶不白，此刑狱之瘴也；昏晨醉宴，弛废王事，此饮食之瘴也；侵牟民利，以实私储，此货财之瘴也；盛栋姬妾，以娱声色，此惟薄之瘴也。”实在像是句句说给今天的，仿佛有先见之明。他同时还说了这样一句：“有一于此，民怨神怒。”一针见血，更是戳到腰眼儿上。我心想，如今我们愿意设立爱国主义教育基地，这里应该是才对，特别应该让那些为官者到这里看看。其实，梅挚所说的五瘴，历朝历代都存在，贪污腐败，营私舞弊，是所有有良知者的大敌。南宋时就有人将这《五瘴说》刻在桂林龙隐崖上，清代有人从那里拓印回新繁藏于龙藏寺，光绪年间的新繁知县段莹，索性将其翻刻于石碑上，立于东湖，让更多的人知道并看见。后人又在东湖西岸专门修三百梅花馆纪念他，不仅因为他姓梅，更取段莹当年翻刻立碑时写过的诗句“精神应与老梅通”之意。

一座唐代的古老园林，不仅因为亭台楼阁湖水树木秀丽而令人流连，也不仅因为年代久远硕果仅存而令人怜惜，更因为有这样三位古人的存在而令人景仰。就像舞台上背景雕梁画栋炫目，天幕上日月星辰闪烁，但没有人物出场是无法打动人的。难得的是东湖有这样三个不同凡响的人物，这和桂湖有杨升庵、罨画湖有放翁一样，让这三座湖有了生命，不仅有历史的厚度，还充满感情的温度。难得的是东湖为了纪念这三位古人，几代后人在怀李堂前特意种植了柏树，在青白江亭前种植了竹林，在古城墙周围遍植梅花，于是有了今天的梅岭。柏、竹、梅，成为三位贤人的形象的比兴，也使得人们的感情和心情得以抒发。正是初春时节，雨后的梅花满园绽放，沿东湖，我连转了两圈，如放翁诗中所说：“人人襟袖带香归”。

2012 年 3 月记于成都

廿八都老街

黄昏时分，站在廿八都古镇前，一条名叫枫溪的小河从前面蜿蜒淌过；河边的磨坊前，立着一轮深褐色的巨大水碓；河上横跨一座黛瓦褐木的廊桥。由于站的位置地势高，古镇一览脚下，再往远看，晚霞的映照下，可以隐隐约约看到文昌阁的重叠飞檐，水墨画一样，勾勒出古镇古色古香的天际线。

廿八都，是一个有意思的地名，源于宋代在此地县制设有四十四个都。都即镇，它是第二十八都，由此得名。由于“都”字显得很大，特别容易和现代的都市和首都相混淆，便让这个地名染上一丝新老杂陈时光交错的感觉。

过廊桥，便到了古镇的北端，才发现枫溪在镇东侧半环抱着它，一直向南流去。有水的小镇是福气，水也是小镇得以生存的血脉。由于地处浙闽赣三省交界的大山之中，才又发现它其实更被四围山色所环抱。半圈水，一层山，古镇宛如河蚌中的一粒珍珠，水和山的共同滋润，方才使其有了夺目的光泽。这时候，你才会感觉出它的与众不同，它的古老不是乔装打扮出来的古老，它的天然不是扭捏作态的天然。岁月的磨洗，自然的晕染，两者交织，才让它变成了今天这个样子，就像一位老人，每一道皱纹都含有沧桑，就像一株老树，每一道木纹都刻有年轮。

如今，古镇，特别是江南古镇，成为各地争先恐后挖掘并打造自己的一张名片。廿八都也是一座江南古镇，它离浙江衢州只有六十公里，离杭州只有三四个小时的车程，没有想到，却保留着这样难得的古老和天然的原装，便和一些已经被现代过了一遍油彩的古镇，拉开了明显的距离。

看廿八都，先从文昌阁看起。这一点，也和一些古镇迥异。不再是小桥流水，粉墙青瓦，而是如此殿堂巍峨，院落轩豁，重檐飞叠，翘角四射，像是一部书的开头，有些气宇不凡，先声夺人。大概由于1949年后，文昌阁一直作为粮库，所以破坏不大，保存基本完好。正殿三层重檐歇山顶式样，在其他地方的庙宇中很少见到。牛腿、雀替、隔扇、脊檩、裙板、天花板……或浮雕，或镂空雕，或东阳木雕，或手工彩绘，无不精美绝伦，关键是还保留着原汁原味，不是东施效颦新近补上的。院落里一株香柚，不知是哪个年代的，树干高挑如长腿美人，树冠如伞，结满柚子，夕阳下，金灿灿的，如同佛果。据说，这样的柚子是不能吃的，就这样让它们长在树上，直至垂落在地，来年让秋风再一次送它们如鸟儿一样飞上枝头，与文昌阁相互辉映，轮回四季。

文昌阁有一副楹联："五六月间无暑气，二三更里有书声"。既是写实，也是写意，道出了这里的人们对文昌阁的敬重，也道出了文昌阁对于人们的意义。廿八都一共有这样的庙宇二十四个。一个小小只有几千人的古镇，长只有几百米的老街，居然有这样多的庙宇，说明当年民间宗教与信仰的作用。虽然廿八都最早是因仙霞关是古来战争中险要古道而屯兵于此，是尚武的产物，但崇文却是后人心底最深刻的愿望。明白了这一点，就明白了为什么在古镇的开端，要先设立这样一座文昌阁了。

古镇最主要的街叫浔里街，街两侧的店铺，兴盛期有一百六十多家。如今，已经没有那么多，有些店铺已经经过了明显的改造。不过，街面中间却还是青条石，两侧还是鹅卵石，一如往昔，实在是难得。屋前一湾溪水，还是从枫溪引进，穿街而过，淙淙响着老歌逝不去的韵律，更是难得。最引人瞩目的是那些沿街面而立的老房子，大都建于清末民初，很多受到当时西风东渐的影响，中西结合，那种徽派建筑的山墙、墀头，此地风格的马头墙、排门板，以及西式拱形券式的窗户，中西结合的雕花门楼，不管合适不合适，茄子葫芦一起数，胃口很大也很好，消化得无比良好，那样多的聚集一起，真的是别处难得一见的建筑奇观。作为民居群落，可以说保存得相当完好、相当完整，而且具有那样多的多样性，可以称之为一座小型的民居建筑博物馆。

其实，街西才是真正的民居，一条浔里街，将它们藏在身后。由于宋朝南迁，人口迁徙，流落到这里的人口增多，原先屯兵的作用，渐渐被商业和民居所替代，又由于地处大山深处的偏远一隅，这里便如同世外桃源一样，花开花落不间断，春来春去不相关，得天独厚地发展起来。有意思的是，沿浔里街向西，一共七条小巷，竟然有两条为杨氏命名，三条为姜家命名。一打听，姜、杨两家都是当地当年的巨富。再早，还有金家，更是显赫一时，当时廿八都出了两名武举人两名武进士，金家占有三名。金家在这里盖的房子占了半条街，号称“金半街”。可惜清咸丰年间被太平军烧毁大多。如今，姜、杨两姓雄峙廿八都多数最好的宅院。这些宅院，雕梁画栋，院落深深，比浔里街面上的宅院门面还要气派。和有些江南古镇孤零零只有那么几处老宅院相比，便一下子显得格外富有，让你有一种看不过来的感觉。

穿梭在这些宅院之间，走在窄小的青石板路上，两边青墙高耸，马头墙和飞檐遮挡住一线天空，只有晚霞朦朦胧胧洒落下来，在眼前湿漉漉的小路上跳跃，真有一点不知今夕何夕的感觉。那一天，穿街走巷，懵懵懂懂，一拐弯，竟然走到一家深宅大院门口，挂有养老院的牌子，门前坐着两位老人，面对夕阳，无语沧桑。一打听，原来此地是杨氏祠堂，1949 年后成为廿八都镇的镇政府，十年前，改成了养老院。廿八都有这样公益的传统，民国年间就有保婴局、矜恤局、义仓等组织，关照弱势群体。望着如今改作他途的杨氏祠堂，有一种从苍茫历史中一步跨越到现在的感觉，古镇的每一个拐弯处，都会拐出一个故事。

不过，也有遗憾。一是听说原来廿八都街面上有五座天灯。所谓天灯，就是过去的路灯，但比现在的路灯多祭祀崇仰的意思。所以，比现在的路灯更高大，更具有仪式感。每座高两米多，占地两平方米，砖石结构，底座四方或六方形，呈塔状上升，顶部为琉璃灯，那样子，颇似海面上的灯塔。天灯有专人护守，灯油由新婚夫妇提供，以祈生子添丁之愿。想象着那些还没有电灯的日子，这样的天灯在街面上高高在上，将暖色的灯光洒向悠闲而幽静的四周。那时，廿八都还有一项传统，便是夜晚出门都要打纸灯笼，灯笼上都要印有各家的店名，为比灯笼制作手艺的高低，比灯笼上面字的好坏，比灯笼用纸的讲究，一时间廿八都的纸店和灯笼店的生意非常红火。便想象着纸灯笼流萤一般在街面上扑闪，和那高高的五座天灯交相辉映，该是一种什么样的情景。可惜，这样别具一格的天灯，保存了上百年平安无事，“文革”中却全部被毁坏。另一是，廿八都的母亲河，祖祖辈辈臂弯一样怀抱着廿八都的枫溪的岸边，一直高高矗立着一排排枫树。秋天的时候，一树树枫叶金黄金黄，染得河水一片金黄，枫溪才由此而得名。可惜，如今，那些灿烂如金的枫树，一棵也不在了。

2013 年 12 月 17 日于北京

翠湖诗韵

自 20 世纪 80 年代第一次来昆明，今年是第六次，眼见着昆明的变化，越来越大都市化，人和楼越来越多，却也越来越少有了点儿老昆明味儿。如今，硕果仅存的，大概就是翠湖一带，包括讲武馆、昆明大学和云南师大校园内老西南联大旧址，多少还能让人回忆起老昆明的样子。

车子沿着昆明大学校门和云南文联（那里原来是西南联大的教工宿舍）下坡不远，就看见一池碧水在阳光下闪闪发光，明亮的眼睛一样，眨动着的睫毛，就是湖边风中轻摇的杨柳。再近些，清晰地看见了红嘴鸥飞翔，驮着透明的云霭霞影，衔着湿润的湖光山色。

翠湖到了。如果没有了翠湖，还能找到老昆明的影子吗？

诗人于坚为翠湖曾经写过这样的诗句："大隐隐于市 / 旧公园 / 一盆老掉牙的古玩 / 居然在市中心逍遥法外。"他说得很对，因为他是老昆明。翠湖，作为街心公园，其特点就在于：一、特别地老；二、位于市中心。这两点都很重要，如果它不在市中心，像滇池一样在城外，意思就不一样了。如果它不古老，不是老得当年和滇池连成一体，它的意义也就不一样了。一座古城，具有这样两个特点相结合的地方，这个地方便成为这座城市一个醒目的节点，连接历史和现实，疏通情感与思绪。可以就地徜徉，也可以虚蹈怀旧；可以集体到这里跳广场舞，也可以一个人借这里抒怀写诗。

因为这次来昆明住在翠湖宾馆，出门便是翠湖，翠湖一览无余，感觉翠湖和昆明别处一样，到处是人，天天都显得像过节一样热闹。即便到了晚上，翠湖依然弦歌四起，人声鼎沸；特别是环湖大道两侧鳞次栉比的饭馆灯红酒绿，让翠湖成为不夜之湖。翠湖，有些过于热闹了。拥挤的城市，把它挤压得像一只气球，膨胀得鼓鼓的，随时都有可能脱手腾空而飞，也随时都可能爆破似的。

起码我第一次来这里时不是这样。

猜想，当年陈寅恪来这里时，就更不一样。

扯起陈寅恪，是因为到翠湖，不能不想起他那首有名的诗《昆明翠湖书所见》：“照影桥边驻小车，新妆依约想京华。短围貂褶称腰细，密卷螺云映额斜。赤县尘昏人换世，翠湖春好燕移家。昆明残劫灰飞尽，聊与胡僧话落花。”那是他 1939 年抗日战争时期写的一首重要的诗，这首诗的手迹，后来在《浦薛凤家族收藏师友书简》一书中曾经见过。那上面还有一题跋：“庾子山哀江南赋云，谈劫之飞灰，辨常星之夜落，今日必有南京明星流落昆明矣。一笑。”诗和题跋意思互现，清晰说明这首诗是战时的离乱弦歌。那时候，陈寅恪来西南联大教书，妻子和女儿在香港，托付给许地山照顾。而且，那时候，他的眼睛已经不好，视力急剧下降。正所谓国难家恨，离愁别绪，以及病魔的折磨，都在心间，便也都在诗间，其中“赤县尘昏人换世，翠湖春好燕移家”一联，最让人心动。

那时候，他家住青云街，离翠湖很近，便常到这里散步。和他一起到翠湖散步的，还有他的挚友吴宓。这一池碧水，多少可以慰藉离乱之人不平静的心。猜想，那时的翠湖绝对不会有今天这样的人多如蚁。即使战乱之际，如果不是空袭，在平常的日子里，翠湖也应该是适于散步的地方。一座城市，哪怕建设得再堂皇，再繁华，再国际大都市化，也应该留下一两处可以让人安静散步的地方。更何况，翠湖因有陈寅恪等这样的文化人留下的身影和诗篇，而让人们到这里散步时呼吸到历史的沉重和文化的悠长之气息。这个地方，便越发显得对昆明人也同时对外来游人的重要，散步时会多涌出一份遐想和几丝诗思情意。

心里暗想，如果把陈寅恪的诗，把于坚的诗，把很多诗人写翠湖的诗，镌刻在翠湖边的石头上，翠湖会多一番色彩，成为一泓诗湖呢。

便忍不住把陈寅恪的诗重新找出，敬步原韵，也写了一首，不求石头镌刻，只求自己铭记翠湖和先生：

此地当年驻小车，而今碧池映秋华。
翠湖锦瑟红鱼出，黄叶佳人白雀斜。
江北梦消羞有国，云南路断耻余家。
战云七十五年过，风动满园金菊花。

陈寅恪当年有诗：“黄鹂鲁连羞有国，白头摩诘尚余家。”记住先生和翠湖，就是记住那段历史，便会分外珍惜翠湖，力求让翠湖保持原韵。

2014 年 11 月 22 日昆明归来

大理看花

在植物中，我崇敬微小的，因此，一直以为草比树好看，花比草好看。到了云南，在昆明看花，比在北京好看；到大理看花，又比昆明好看。细琢磨一下，或许是有道理的。人靠衣服马靠鞍，花草虽小，却也是需要背景来衬托的，远离大自然，她们来到城市，不会像我们人一样挑挑拣拣，但是，城市的背景却会在有意无意间衬托出她们不同的风姿。说是一方水土养一方人，其实，也是一方水土养一方花。

老城昆明，除了翠湖一带，还能依稀看到老模样，其他地方如今已被拆得七零八落。大理，毕竟还保留着古城，而且，四围有苍山洱海的衬托，上下关之间有白族老村落相连，乡间和自然的气息挡不住，同样的花，在这里便呈现出不一样的内容。所谓石不可言，花能解语呢。

车还没进大理古城，头一眼便看到城墙外有一家叫作“小小别馆”的小餐馆，墙头攀满三角梅，开得正艳。三角梅，在云南看得多了，但这一处却印象不同。餐馆是旧民居改建而成，白族特有白墙灰瓦的衬托，三角梅不是栽成整齐的树，或有意摆在那里的装饰，而是随意得很，像是这家的姑娘将长发随风一甩，便甩出了一道浓烈的紫色瀑布，风情得很。

和老北京一样，大理老城以前是把花草种在自家院子里的，除了三角梅，种得更多的是大叶榕和缅桂花，缅桂花就是广玉兰，白族民歌爱唱："缅桂花开哟十里香……"大叶榕是白族院子里的风水树，左右各植一株，分开红白两色，被称为夫妻花。如今，进了大理古城，中心大道复兴路两边的街树都是樱花，显然是最近后种的，与大理不搭，或者说是混搭。大理市花是杜鹃，沿街种杜鹃才对。当然，看大理杜鹃，要到苍山，看那种雪线上的高山杜鹃，红的、粉的、白的、黄的，五彩缤纷，铺铺展展，漫山遍野，让大理有了最能代表自己性格和性情的花的背景。这大概是别的古城都没有的壮观。

如今，去大理古城，摩肩接踵，人满为患。其实，离大理古城不远，还有一座古城，叫喜洲，也隶属大理，去的人不多，还保留着难得的属于 20 世纪的古老和清幽。喜洲古镇没有大理古城大，却是大理商业的发源地，可以说是，先有的喜洲古镇，后有的大理古城。古丝绸之路兴起时，云南马帮号称有四大帮，其中之一便是喜洲帮。他们便是自遥远的南亚乃至中东，从喜洲进入大理，将最早的资本主义种子带进大理萌芽开花。

所以，大理最有钱的人，不是在大理古城，而都是出自喜洲；大理最气派而堂皇的白族院落，不是在大理古城，而都在喜洲。当然，大理最漂亮而风情万种的花，也应该是在这里。

喜洲古镇城北之外，有一座坐西朝东的院落。这是号称"喜洲八大家"之一杨家的老宅。喜洲还有四大家，是喜洲最有名最富有的人家，八大家略逊一筹，因此，它被挤在城外，想是当年喜洲城盖房之热，和我们现在一样，商业带动房地产开发，城里没有了地皮，便扩城而延伸到城外。即便如此，杨家大院也非同一般，四重院落，前两院住人，第三院是马厩，最后一院是花园。可惜的是，后花园早被毁掉，现在栽种的都是后来补种的花卉，笔管条直，如同课堂里的小学生，缺少了点儿生气。

后花园院墙上有开阔的露台，爬上去，前可以眺望洱海，后可以眺望苍山，视野一下子开阔。坐在露台上品普洱茶，忽然看见杨家院墙满满一面墙，开满着爆竹花。这种花花朵硕大，像爆竹，被白族人称为爆竹花。这种花呈明黄色，在所有的花中，颜色格外跳，十分艳丽。满满一面墙的爆竹花，在夕照映衬下，像一列花车在嘹亮的铜管乐中开来，让整个院子都像燃烧了一样。这是我见到的最不遮掩最奔放的花墙了。

离开喜洲古镇前，在一家很普通的小院的院墙前，看到爬满墙头的一丛丛淡紫色的小花。叶子很密，花很小，如米粒，呈四瓣，暮霭四垂，如果不仔细看，很容易忽略。我问当地的一位白族小姑娘这叫什么花。她想了半天说，我不知道怎么说，用我们白族话的语音，叫作“白竺”。这个“竺”字，是我写下的。她也不知道应该是哪个字更合适。不过，她告诉我，这种花虽小，却也是白族人院子里常常爱种的。白族人爱种的花，可是真不少。小姑娘又告诉我，白族人的这个“白竺”，翻译成汉语，是“希望”的意思。

这可真是一个吉祥的好花名。

2014 年 11 月 14 日记于大理

天池浪漫曲

车出乌鲁木齐，戈壁的苍凉让人心发紧，悲壮让人心动，美却让人感到辛酸得想落泪。我知道这是西北独具的色彩和美，这是一种只有经历沧桑才能感到的悲剧式的崇高而庄严的美。美丽而神奇的天池那一缕浪漫，正诞生在这样具有浑黄苍凉美的土地上。

我并非独寻天池而来，而是为一个人。如果没有这个人，也许我不会到新疆后立刻直奔天池去。新疆最初给我的印象，不是哈密瓜，不是葡萄干，不是雪山，不是沙漠……而是他写的歌："在那遥远的地方，有位好姑娘，人们走过她的帐房，都要回头留恋地张望……""达坂城的石头硬又平啊，西瓜大又甜；达坂城的姑娘辫子长啊，两只眼睛真漂亮……"是他的歌把新疆与我拉近。只是那时一直到后来许久，我并不知道不止这两首而是众多新疆的歌都是他创作的。这不能怪我，尽管《在那遥远的地方》被编入法国巴黎音乐学院的教材，美国黑人男低音歌唱家保罗·罗伯逊曾将它作为保留节目唱遍世界，但是歌曲并没有署名作者，而荒唐地冠以"青海民歌"。

车到阜康县城（现为阜康市——编者注）折东跑三十一公里便是

天池。一路清澈而清冽的天池水，先导一样引我入山。

王洛宾，我的心里轻轻地呼喊着他的名字。如果他活着，今年整整一百岁！

今年，我国好多名人诞辰的周年纪念，仅仅艺术家就有程砚秋诞辰一百一十周年；明年则有梅兰芳诞辰一百二十周年，周信芳诞辰一百二十周年……都有纪念他们的演出和活动，乃至展览，却似乎没见到纪念王洛宾的动静。想起当年台湾女作家三毛跑到新疆去找王洛宾的时候，媒体那种蜂追花枝刨根问底和连篇累牍的热情劲儿，真的是今非昔比。即时的效应，花边新闻可以登上头条。时过境迁，人们的淡忘，往往比风还要快得无影无踪。

我却常常想起他。只要一唱一听到新疆的歌曲，就会想到他。好像新疆歌曲都是他的创作。不过，确实很多至今依然传唱的新疆歌曲，是他的专利。他的心情，他的感情，他的青春，他的生命，融进他创作的无数首新疆歌曲里：《玛依拉》《半个月亮爬上来》《都塔尔和玛丽亚》《高高的白杨树》……可以列出一长串歌单。他的歌就是他的心的翅膀，让新疆飞向世界。

传说中也许带有演绎的色彩。说他二十六岁那一年，在兰州街头，偶然听到一个维吾尔族司机哼唱小曲，立刻被磁石般吸引住了。为此，痴情如醉，他竟义无反顾，如此冲动地只身一人西出阳关，直奔新疆，成了一个地地道道的西北土著。或许，这才是真正的艺术家。他的这番经历，让我想起了我国老一辈的画家刘方平，他也是在一次路过王屋山的时候，听到当地的农民唱京戏，一下子听入了迷，便也和王洛宾一样，冲动地从城市搬到王屋山，进山当了土著，终老一生。他们对艺术尤其对民间艺术的痴迷，和如今一些号称艺术家却只会在宾馆的红地毯上和大会堂的觥筹交错中作画唱歌的人，绝不相同。真正的艺术，从来处于江湖之远，和民间乡土贴心贴肺。

谁想到呢，王洛宾却为他年轻时的艺术冲动，付出太为昂贵的代价，不仅仅是青春，不仅仅是中年丧妻，还有长达十五年的牢狱生涯……

他却在艰辛痛苦的生涯中创作出那么多美妙足以惊动世界的新疆歌曲！或许，这就像罗曼·罗兰所说，对于一个艺术家而言，“痛苦的犁刀一方面割破了你的心，一方面掘出了生命的新的水源”。

我终于见到了天池！它比我见到过的许多湖泊都要美。平原的湖泊太湖、西湖、鄱阳湖，自不必说了，它们难有这样居高临下的气势，难有这样倚天揽山的格局，难有这样古木拔地、雪峰参天的森森万千气象！如果说美，它是冷艳的美，是经历寒冷之后的温馨；它是悲壮的美，是历经痛苦、磨砺沧桑之后的深沉。

站在这里，想起王洛宾，觉得只有他和他的歌，配得上天池这样的气象，他和他的歌与天池互为镜像，映彻在这片天地之间。

我想起很多年以前，那时，王洛宾还活着，我曾经在电视里听到王洛宾自己弹奏钢琴自己吟唱的一首歌。那是一首哀婉的情歌。与他同牢房的一位维吾尔族小伙子的情人，在外面苦苦等待小伙子，最后抑郁地悲情而死。小伙子出狱后，在姑娘的坟前铺满姑娘生前最爱的丁香花。他为他们忠贞不渝的爱情感动，在狱中写下了这首歌。他那苍老却深情的嗓音，我很难忘记，其中有这样一句歌词：“姑娘的坟前铺满丁香，我的银须爬满胸膛……”当时听得让我立刻泪水潸然！这是一位长者的炽热情感，沉甸甸让人感到深沉的分量。这样富有赤子之心的汉子，岁月不会把青春一笔勾销，而会让他的歌声里永远弥散这丁香的芬芳。

王洛宾一百岁了。他的银须爬满胸膛，谁在他的坟前铺满丁香？

天池默默无语，荡起一圈圈涟漪，圆圆的密纹唱盘一样，把这一切录进它深沉的湖心里。

2014 年 11 月 9 日改毕于北京

在历下古城穿街走巷

历下古城，格局虽小，却和京城相似，以明德王府为中心，东西对称，南北辐射，左社右庙，四围城垣，街道基本是正南正北，房屋也都排列有序。像京城的故宫一样，德王府就是历下的皇宫。

和京城不一样的是，这些大街小巷中有泉水流过。街巷中，院落里，甚至屋子的炕沿下，藏有无数的泉眼。这是京城绝对见不到的，让我想起刘恒当年写的小说《贫嘴张大民的幸福生活》，新婚的小两口，要在院子里盖小房，无奈院子实在太小，只好把院子里的一棵树也盖进屋子里。小说改编成电影的时候，英文片名叫作《屋子里的树》。这和屋子里的泉，是完全不同的两种景致。

我想，这应该是刘鹗在他的小说《老残游记》里对历下古城概括最主要的原因，所谓家家泉水，户户垂杨。坦率讲，一座古老的城，做到户户垂杨，并不难，只要有规划历朝历代坚持植树就可以了；要想做到家家泉水，不那么容易，它需要上天的眷顾，大自然得天独厚的恩赐才行。

要想寻历下这样的古城古韵，自然要来这里穿街走巷。这样的古城古韵，既有历史的回忆和想象，又有地理的肌理与走向。

如今，在迅速地城市化的进程中，各地古城的变化极大，老街区渐渐缩小，乃至破坏全无，都是屡见不鲜的。历下古城，一样也在萎缩。不过，居然还保存着以明德王府西侧至芙蓉街，北至百花洲这一片老街巷，实属不易，为我们来寻历下古风旧韵，留下了一块宝贵的活化石。

我是南从芙蓉街，北至文庙，然后东拐到百花洲，走曲水亭街、起凤桥街和王府池子街，沿西更道返回明德王府。这一片街巷，是当年历下古城很小的一部分，却是最精华的部分，可以说是历下古城的点睛之笔。当年老舍先生说，如果丢了泉，“济南定会丢失了一半的美”。如果再丢掉这一片老街巷，济南的另一半的美，便也就没有了。

因此，到这里来穿街走巷，真的比去人满为患的趵突泉，更重要一些，也更惬意一些。

芙蓉街是历下的一条古老的商业街，类似京城的大栅栏。宽窄和大栅栏一样，都是五米左右，长却要比只有二百七十五米的大栅栏还要长，有四百多米。这大概和这条街的尽头是文庙有关，中国古代讲究是前市后庙，有庙的地方必有集市，香火越旺，集市也越旺。同大栅栏一样，芙蓉街最兴旺也是在清末民初时期，那时的商铺最多有一百四十多家，鳞次栉比，像蒜瓣一样拥挤在这条五百米的街两旁。

难得的是，这条老街上很多老商铺的老建筑，今天还在，并没有被毁坏。这实在是万幸的，而不像一些城市的老街，街两旁的建筑，一色仿明清的新房子，油饰一新，让人不忍卒睹。即便和京城的大栅栏相比，尽管显得杂乱破旧，却也显得更为古朴一些。大栅栏街上，除了瑞蚨祥几个有限的老建筑，其余的都是新得不能再新了。

和大栅栏不一样的，是芙蓉街上有芙蓉泉、朱砂泉，两泉皆是和德王府中的珍珠泉水脉相连，是珍珠泉的连襟，和一般平民家的泉水自是不同。自古“泉”“钱”两字相通，这恐怕也是芙蓉街兴旺发达的另一个原因。

一条繁华的商业街上，有几个泉眼，在不停地汩汩冒水，再有泉水沿街淙淙流淌，和在公园里看到泉水的感觉，会是不大一样的。这让我想起有一年在捷克的卡罗维发利古城，那里因举办卡罗维发利国际电影节而闻名。和济南一样，它也是一座泉水之城，在城市的老街上，到处可以看见喷吐的泉水，那里的人们便在泉水流过之处，搭起很多个漂亮的凉亭，接出好多个造型各异的水龙头，供路人和游人随便接泉水而饮。沿街便衍生出许多卖水杯的小卖部，那水杯不是常见的玻璃杯或塑料杯，而是造型可爱的陶杯或瓷杯，成了艺术品。人们用它们接完泉水喝之后，还可以带回家去作为精致的纪念品。这可真是不错的创意，让泉水化为生意经，还成为一座城市给予人们的永久的回忆与纪念。或许，将来在芙蓉街进一步的改建与发展中，能够从中得到一点启发和借鉴，让泉城不只为一个概念，而真的流动起来，从历下古城流向全国乃至世界各地。

穿过芙蓉街，参观过文庙，就来到了百花洲。百花洲，是一片平湖，据说是宋朝曾巩来此为官时所辟。街对面，便是赫赫有名的大明湖。大明湖以前水域宽阔，便猜想当年百花洲应该是和大明湖相连的，一问，果然，济南的朋友说，原来这里有一座桥，叫鹊华桥，连接着大明湖和百花洲，也就是说，如果百花洲大明湖都是由南面的山泉之水汇聚而成，那么，百花洲是大明湖的前奏，或者说是大明湖的一个蓄水池。

虽然和曾巩时代相比，百花洲已经小了很多，但在古城窄小的街巷之中，还是显得体量不小。湖水四周，有杨柳依依，成为老街一处别致的景观。走过百花洲，就来到了曲水亭街。这恐怕是历下古城保存最好的一条古街了。刚刚走到这条街的北头，感觉立刻不一样。因为街的一侧有泉水汇聚的一条小河，蜿蜒从街的南头流淌而来，两岸有小桥衔接。水边不仅有垂柳拂岸，也有街坊们在洗衣洗菜，小孩子在嬉戏玩耍，老人在围枰对弈。岸的两侧，则是住户人家，粉墙青砖，花脊黛瓦。这样小桥流水人家的景致，是只会在江南才能够看见的。以前，也曾经来济南多次，却都是在大明湖趵突泉常见的景点惯性游览，竟然一次也没有来过这里，方才想到，为什么当年沈从文先生来到这里叹为观止了。

如今，靠近北头百花洲一端的曲水亭街两岸的民房，大多改造为酒吧、书屋、咖啡店之类，商业旅游的气息，一下子多于原本的民居本色。店铺都不大，但布置得都古雅风情，而且都会在屋外摆几把椅子、小桌，面对小河杨柳，相看两不厌。有意思的是，小店门的两旁，都贴有或刻有对联。那对联不是旧的，都是新写上刻上去的，却都不重复。不知都是出自何人之手，内容都不是趋时应令，或那种网络的微信体，而是很古朴，唐风宋韵，给人一种错位的感觉。记住了两副门联，一副是自撰的："泉隔市井，水洗心尘"，一副是放翁的诗："研朱点周易，饮酒读陶诗"。新旧不同，恬静自如的意思是一样的，觉得和小店相配，和老街四衬。

沿曲水亭街往南走，景色渐异，风情渐变。由于地下有泉水流动，曲水亭街和其他正南正北的老街不同，不再那么笔管条直，而是随水流而蜿蜒，有一种流动的美。这和京城前门地区长巷与草厂胡同很是相似，那些自明朝就有的老街，也是因当年河水从前门的护城河往东南流向大运河的走向而变得蜿蜒曲折。只是，如今，京城这些独特走向的老街巷虽然还在，身边的水流却早已不再。曲水亭街却几百年来依然水流不停，真的让京城的这些老街羡慕死了。在南方，老街和河流相互依存，是常见的，并不新鲜。但是，在北方，一条街，在历史的变迁中，在大自然的动荡中，能够拥有如此漂亮的水流几百年来长流不断，真的是不多见的。

曲水亭街上，最有名的，大概是百花桥了。桥边原来有座六角凉亭，自清以来，被很多文人写过。这座凉亭，当地人称之为曲水亭。之所以有名，是因为亭中原来有一副楹联：“两座小桥一湾流水，数椽茅屋几树绿杨”。传说为郑板桥所书。当然，这只不过是传说而已，是借名人演绎自己的一种说辞。这副楹联，是历下那副最有名的对联“四面荷花三面柳，一城山色半城湖”的摹本，其中运用数字和景物对接的方法，没有什么变化。

相比较，我更喜欢清时有人所写的一首竹枝词：“曲水亭南录事家，朱门紧靠短桥斜，有人桥上湔裙坐，手际漂过片片花。”写得有情有景，质朴而活泼，将流水而过的曲水亭街的风情点染得很有些情趣。

曲水亭街往南，连接着起凤桥街和王府池子街，这也是两条老街，可以视为曲水亭街的延长线。同曲水亭街一样，那里的泉水也很多，最有名的，莫过于起凤泉、腾蛟泉和王府池子了。起凤泉，在住户的院子里，至今依然喷水；腾蛟泉，就在街面上，像现在的自来水龙头一样地小，不仔细看，很容易错过，却也是几百年来泉涌不断，一点不亚于珍珠泉和趵突泉。王府池子很大很深，在街的尽头，成为人们游泳的天然场所。我去的时候，一群老人正在那里如蛟似龙地扑通，飞溅起的水花让一条老街晶莹湿润，显得那么不同寻常。

在北方的老城里，谁见过一条老街上的泉水如影相随？坐在泉水旁，可以消遣纳凉话家常；俯在泉水边，可以洗菜洗脸洗衣服；跳进泉水里，又可以用来游泳？真的，我没见过一条老街有这样的泉水，而且，让泉水为我所用，有这样多的功能。起码，在京城没有这样的一条老街。

2015 年 6 月 16 日于北京

大观园看《秋海棠》

到济南，有这样一说：“观趵突泉，登千佛山，游大明湖，逛大观园。”

三十六年前，即1979年的夏天，我第一次来济南，就是按照这个旅行向导逛这座历下古城的。那时候，我住在火车站附近的一家旅馆里，便先去了附近的大观园。

大观园的兴建与发达，是和济南火车站的建立有关的。从这一点来看，大观园和北京的前门地区的发展颇有些相似。前门地区的大栅栏和鲜鱼口几条有名的商业街的兴盛发达，也是得力于清末之时前门火车站的建立，火车一响，黄金万两，交通便利了，人来人往多了，商业自然就发展起来了。

据说，当时，这片地属于北洋军阀靳云鹏，1930年，其弟靳云鹗接手，委派杨既清由天津来到济南，开发这片荒地，平地起楼，建大型娱乐场所——附庸风雅，取名“大观园”。

大观园最大的特色，在我看来，还在于它的娱乐色彩。1979年，我来大观园的时候，是粉碎“四人帮”之后大观园刚刚恢复元气重整腰身的时候，一切在百废待兴之中，很多地方还不完善，很多建筑也显得破旧，但更多地保留着旧时的风貌。那种往昔的风情似乎离去得还不远，依稀还能听得到市井的喧嚣之声和娱乐场的丝竹弦乐之声。

据说，除了撂地摊卖艺和四大电影院，大观园的娱乐主要由三大剧院构成，分工明确，各有各的观众群，一度成为济南全城最重要的娱乐场：第一剧场以演京剧为主，第二剧场以放映电影为主，第三剧场以魔术、杂技、小型歌舞表演为主。1943 年，又创办了晨光茶社，主打曲艺牌，其中相声一度曾经可以和北京、天津相互媲美。马三立、侯宝林、刘宝瑞、常宝堃等相声名家，都曾经到这里献过艺。

可惜的是，我来大观园时，未能看到这样的昔年盛景。那天晚上，大观园也远不如想象中灯火辉煌和摩肩接踵。给我的感觉，大观园像是尚在睡意蒙胧之中，没有完全醒过盹儿来。那时候，我刚刚考入中央戏剧学院，因为学的是戏剧，所以对这里的剧院非常感兴趣。转了一遍大观园，只找到第一剧场和第三剧场，已经分别改名为大众剧场和大观电影院。当时，大众剧场正在上演话剧《秋海棠》。连犹豫都没有犹豫，赶紧买了一张票。没有犹豫的原因，一是我学的就是话剧，二是刚粉碎“四人帮”不久，这种鸳鸯蝴蝶派的话剧居然能够在这里上演，很引我好奇，因为当时连北京都没有这样的话剧上演，上演的话剧，新的是《于无声处》，老的是《雷雨》。能避开这些人家正在热演的话剧而上演冷僻的《秋海棠》，需要面对的勇气和选择的眼光。

剧院不大，有些旧，但看戏正合适。旧时的剧院，格局都不大，不像现在的新式剧院，很是开阔，但如果是坐在后面，看戏就不大方便了。那一晚，剧场里的观众不少，让我对这座城市有了好感。坐在剧场里，我觉得此时此刻演出《秋海棠》，和这座城市的文化积淀与氛围太吻合，家家泉水，户户杨柳中的市井人家，对这种世事沧桑与人生况味，最容易唏嘘感动，心心相通。话剧是由山东省话剧团演出的，水平很高，一点儿不比北京人艺的弱，起码看这部《秋海棠》是这样的。“文革”以前，曾经看过他们演出的话剧《丰收之后》，但说实在的，更觉得《秋海棠》演得更好看。

除了记得饰演军阀的罗姨太太是王玉梅（她以后演老太太出名，曾经出演过电影《高山下的花环》），我已经记不住演出这部话剧的其他几位主要演员的名字了。但他们所演绎的人物，我却记忆犹新。尽管三十六年过去了，依然清晰地记得走出大众剧场，大观园的灯光幽暗，夜空却格外明亮，仲夏之夜的风，也不那么燥热，心里涌出一种说不出的感动。不知是为了刚刚演出的话剧中人物的悲惨命运，还是为了演员精彩的演出。这成为我对大观园经久不衰的记忆，以至于事过三十六年之后，人们问起我对济南最深的印象是什么，我都会说起 1979 年夏天的大观园。

2015 年 7 月 6 日于北京

剑门古道

我特别欣赏我国的一句古话：“橘易地而成枳”。真的是这样的，同样的东西，放在不同的地方，意味迥然不同。同样的亭台楼阁，放在自家的庭院里，只不过是摆设；放在皇家园林里，只不过是诗情画意中色彩明艳的一笔。但是，放在山川之上，特别是险峻高拔入云的山峰之间，那意思就大不一样了。如同一位女人，出现在自己庭院里和皇家园林里，是小家碧玉，尽可以婀娜多姿，或长袖善舞；出现在崇山峻岭之间，尤其是出现在战火纷飞的关隘险峰之上，那就不是衣着鲜艳的游山玩水的观光客，而必须是花木兰、穆桂英之类的巾帼英雄，有着“关山度若飞”或“一夫当关，万夫莫开”的劲头。

川北的剑门关，就是这样的一个关门。远远地看去，如果省略掉四周层云涤胸的起伏山峦，它和一般的山门或城门，没有什么两样，甚至就是我国仿明代亭台楼阁建筑中的一种。尤其它是前几年地震之后新修的建筑，尽管石头的底座和木制的凌空飞檐，都十分考究，但毕竟是新的，像树木没有多少年轮，沧桑是如何也化妆不出来的。

但是，簇拥着它的四围山色，一鞭残阳，却不是新的，上千年前就存在这里。站在剑门关上，望七十二峰，峰峰如剑，直刺云霄，云来云去，穿梭在峰峰之间，不是游龙戏凤，而是如水长流，如风尽吹，气脉贯通，血脉贲张。一下子，站在这里再弱小的人们，也会感到有了气势，和站在一池桃花水边或一道黄土坡前的感觉大不相同。这感觉，就和一座城门或亭台楼阁的建筑，放在城市里和放在这里不同，是一样的。建筑，也是有感情的，有出身的，有血统的，“生当作人杰，死亦为鬼雄”的。

我是从剑门关的后面上去的，这样的逆行，是当年出川人的行动路线，相比较一路平坦。当年，李白和杜甫从陕西入川时，是要从山底下一步步爬上来，方才会有李白“蜀道难，难于上青天”的慨叹，才会有杜甫“惟天有设险，剑门天下壮”的描写。站在剑门关上，往北望，如今有一阶阶的台阶，想当年，那陡峭的崇山峻岭，一步步，该是多么的难攀。在天险之间，人如蚂蚁一样渺小，却又如蚂蚁可以搬山一样地伟大，在这里演绎了多少悲壮的故事。

中华人民共和国成立后修的108国道，就是蜿蜒盘上这些山峦，过剑门关的。如今，高速公路穿山而过，108国道，铺上仿旧的石板，成了游人游览的路径，让历史又走上了回头路，再现了当年的壮观。只有把剑门关放在这样壮观的历史与大自然的背景中，才会彰显其气势和无可取代的位置。在险峻一线天的两山之间，在乱峰如阵的群山之上，剑门关显得很小，就像一位旷世绝代的好汉，其实往往都是不显山露水的，只有在沧海横流时，方显英雄本色。

剑门关上下的山道两侧，立有好多座现代雕塑，如诸葛亮、刘备和姜维等，企图帮助剑门关讲述历史的故事。其实，最好的故事，都在剑关门之中，那座眉眼颇似姜维的山峰一角，也更能把历史故事在想象的补充中讲述得更加缤纷迷离。

要说时光的想象，要说历史的故事，还有一处景观，更值得一看。

它离剑门关不远，依然在原108国道上，便是当地人称的“翠云廊”。其实，它是一个古代的驿道，最早修自秦朝，起码有两千多年的历史。要说驿道，在我国到处都有，并不新鲜。它的新奇之处在于两侧有古柏参天，最早的植于秦朝，然后到明清两代，蔓延至今，如此几百年和上千年的古柏浓荫夹道，在各地驿道中绝无仅有。历史最为兴旺时期，这里号称是“三百里十万树”，浩浩荡荡，分外壮观。遭遇历代战火和自然灾害，如今的古柏已经远远没有这么多了。但是，依然可以让我们想象当时的壮观，古柏森森，绵延百里，遮天蔽日，一派浓荫匝地，满树鸟鸣啾啾。如此壮观的古柏，才配得上险峻的剑门关。过剑门关，进入这条驿道，看到道两旁这样列阵的古柏，像是列队迎接凯旋的英雄的仪仗队，该是多么令人心旷神怡。想象当年108国道盘上剑门关，然后就在古驿道旁边穿过时，尽管已经没有“三百里十万树”，却一样是古柏夹道，真的是有一种在历史隧道中穿越的感觉。

如今，就在108国道公交车站的位置，修筑了一座轩豁的张飞广场，相传三国时张飞在离这里不远的阆中为官时，曾经带领士兵在这里植柏。广场上有四川雕塑家叶毓山雕塑的一脸笑容的张飞像。广场的背后就是古驿道，现在修复了有五百米的样子，短短的，像是一段盲肠，却浓聚着从秦柏到明柏最重要的上百株古柏，每一株古柏有百姓为它们演绎传说至今的故事。战争，是构成历史重要的内容，也是伤害历史最主要的敌人。保护这条古驿道的古柏，成为历朝历代在这里为官者的 项政绩考量的标准。据说，1935年，修川北公路时，古柏被毁坏了很多，蒋介石亲自下令“砍伐皇柏者枪毙”，并命令为每一株古柏编号造册。

如今，由于古柏驿道刚开发不久，游人远不如剑门关的多。这是最佳时候，最适合独自一人，徜徉在古柏夹荫的道下。阳光从浓荫之间筛下，也变成丝丝缕缕绿色的了。如果赶上是细雨飘飘，就更宜于遐思悠悠，雨丝中夹带着古柏的清香扑面，两千多年的历史，也在你的脸颊上轻拂了。

入川来，要想看水之秀美，当然要去九寨沟；要想看山之险峻，必须要来剑门关；要想看树之壮观，得要到古驿道。前者，有阴柔之美；中者，有阳刚之奇；后者，有历史之幽。

2015 年 6 月写于北京

第二辑

北大荒·致青春

今朝有酒

我家以往并没有嗜酒如命的人。细想一下，也就是父亲在世的时候爱喝两口酒，不过是两瓶二锅头要喝上一个月，八钱的小盅，每次倒上大半盅，用开水温着，慢慢地啜饮，绝不多喝。

如今，弟弟却迷上了酒。几乎不可一日无酒，而且常醉，醉得将胆汁都吐出来，他依然喝。命中注定，他这一辈子难以离开酒。辛弃疾词云："我饮不须劝，正怕酒樽空。"说他丝毫不差。家中并无此遗传因素，真不知他这酒是从何染上瘾的。

想想，该怨父亲。弟弟在家里属老小，小时候，一家人围在桌前吃饭，父亲常娇惯他，用筷子尖蘸一点儿酒，伸进他的嘴里，辣得弟弟直流泪。每次饭桌前这项保留节目，增添全家的欢乐，却渐渐让弟弟染上酒瘾。那时候，他才三四岁，还太小呀！

不满十七岁，弟弟只身一人报名到青海高原，说是支援三线建设，说是志在天涯战恶风，一派慷慨激昂。那一天，他到学校找我，我知道一切是板上钉钉，无可挽回了。我们两人没有坐公共汽车，沿着夕阳铺满的马路默默地走回家，一路谁也没有讲话。那天晚上，母亲蒸的豆包，是我们兄弟俩最爱吃的。父亲烫了酒，一家人默默地喝。我记不得那晚究竟喝了多少酒，不过，我敢肯定，父亲喝得多，而弟弟喝得并不多。他还是个孩子，白酒辛辣的刺激，对于他过早些，滋味并不那么好受。

三年后，我们分别从青海和北大荒第一次回家探亲，他长高了我半头，酒量增加得让我吃惊。我们来到王府井，那时北口往西拐一点儿，有家小酒馆，店铺不大，却琳琅满目，各种名酒，应有尽有。弟弟要我坐下，自己跑到柜台前，汾酒、董酒、西凤、洋河、五粮液、竹叶青……一样要了一两，足足十几杯子，满满一大盘端将上来，吓了我一跳。我的脸立刻拉了下来："酒有这么喝的吗？喝这么多？喝得了吗？"弟弟笑着说："难得我们聚一次，多喝点儿！以前，咱们不挣钱，现在我工资不少，尝尝这些咱们没喝过的名酒，也是享受！"

我看着他慢慢地喝。秋日的阳光暖洋洋、懒洋洋地洒进窗来，注满酒杯，闪着柔和的光泽。他将这一杯杯热辣辣的阳光一口一口地抿进嘴里，咽进肚里，脸上泛起红光和一层细细的汗珠，惬意的劲儿，难以言传。我知道，确如他说的那样，喝酒对于他已经是一种享受。三年的时光，水滴也能石穿，酒不知多少次穿肠而过，已经和他成为难舍难分的朋友。

想起他孤独一人，远离家乡，在茫茫戈壁滩上的艰苦情景，再硬的心也就软了下来。还是个没长大的孩子，就爬上高高的井架，井喷时喷得浑身是油，连内裤都油浸浸的。扛着百斤多重的油管，踩在滚烫的戈壁石了上，滋味并不好受。除了井架和土坯的工房，四周便是戈壁滩。除了芨芨草、无遮无挡的狂风，四周只是一片荒凉。没有一点儿业余生活，甚至连青菜和猪肉都没有。只有酒。下班之后，便是以酒为友，流淌不尽地诉说着绵绵无尽的衷肠。第一次和老工人喝酒，师傅把满满一茶缸白酒递给了他。他知道青海人的豪爽，却不知道青海人的酒量。他不能推托，一饮而尽，便醉倒，整整睡了一夜。从那时候起，他换了一个人。他的酒量出奇地大起来。他常醉常饮。他把一切苦楚与不如意，吞进肚里，迷迷糊糊进入昏天黑地的梦乡。他在麻醉着自己。其实，这是对自己命运无奈的消极。但想想他那样小而且远在天涯，那样孤独无助，又如何要他不喝两口酒解解忧愁呢？“人间路窄酒杯宽”，一想到这儿，便不再阻拦他喝酒。世道不好或在世道突然变化的时候，酒都是格外畅销的。酒和人的性格相连，也与世道胶黏，怎么可单怪罪弟弟呢？

这几年，世道大变。“四人帮”粉碎之后，弟弟先是调到报社，然后升入大学、考上研究生。可是，“文章为命酒为魂”，他的酒依然有增无减。我的酒与世道的理论在他面前一无所用。

他照样喝，时有小醉或大醉，甚至住过医院。家里最怕来客人，因为他往往会热情得过分，借此大喝一通，不管人家爱喝不爱喝，他非要把一瓶瓶排成一列的啤酒喝光，再把白酒喝得底朝天，直至不知东方之既白。我最担心过春节，因为那是他喝酒的节日，从初一喝到十五，天天酡颜四起、酒气弥漫，让家人不知所从，似乎跟着他一起天天泡在酒缸里一般。有几次，从朋友家喝完酒归家，醉意朦胧，骑车带着儿子，儿子迷迷糊糊睡着了，他竟将儿子摔下去，自己却全然不知，独自一人一摇三晃风摆杨柳一样骑回家。有一次，和头头脑脑聚餐，喝得兴起胆壮，酒后吐真言，将人家狗血淋头一通痛骂，最后又如电影里赴宴的共产党人义愤填膺将酒桌掀翻……

这样的事虽只是偶尔发生，却让人提心吊胆。他妻子便给我写信求救。虽远水解不了近火，我依然消防队员般扑救。只是我一次次做着无用功，他一次次依然喝。我唯一能够做的，是他回北京住我这里，控制他的酒量。但是，晚上酒未喝足，见他躺在床上辗转反侧、半宿半宿亮着灯光看书那痛苦的样子，心里常动恻隐之情。他无法离开酒，就让他喝吧！喝痛快之后，他倒头就睡，宠辱皆失、物我两忘的样子，让人心里还好受些。不过，我常将这涌起的恻隐之情斩断在摇篮中。我实在不愿意他成为不可救药的酒鬼。我希望帮他克制这个液体魔鬼！

我发现我这一切都落空。弟弟不和我争执，任我老太婆一样絮絮叨叨数落，任我狠着心就不把他的酒杯斟满。他的心磁针一样依然顽强指向酒，万难更易。实在馋得要命，他便带上我的孩子，到外面餐馆里痛痛快快喝一顿，喝完之后嘱咐孩子："千万别告诉你爸爸！"和我一起外出，他说他渴了，我说那就喝汽水吧，他说汽水不解渴。我知道他在馋酒，只好让他喝。一大杯啤酒饮马一样咕咚咚下肚，他回去退杯时趁我未注意，偷偷回头瞧我一眼，匆忙再要半升一饮而尽，方才心满意足退出酒铺。

去年，我和他一起到新疆采访，开着会却找不见他。不一会儿，他手拎着个酒瓶，站在会议室的门前，实在是立在一幅画框里，让人哭笑不得。我们到野外钻井队采访，那里不许喝酒，三天下来可把他憋坏了，刚出井队便跑进商店，不管什么酒先买上一瓶再说。钻进越野车，酒却找不见了。看他麻了爪一样在座椅上下前后翻找的样子，真有些好笑，仿佛守财奴找他的钱包、贵妇人找她的钻戒、当官的找他丢失的大印……他那样子引起大家一阵笑。说心里话，我心里很不是滋味。

我的孩子曾颇为好奇地问他："叔叔，喝醉了以后是什么感觉呀？"他说："有人醉后打架骂人，有人醉后睡大觉，而我醉后是进入仙境！"

他这样对我说："我喜欢林则徐这样一句话：'诗无定律须是将，醉到真乡始是侯。'"

我不知"醉到真乡"究竟是什么样子，便也难以进入他的"仙境"

之中。或许，人和人的心真是难以沟通，即便是亲兄弟也如此。我知道他生性狷介，与世无争，心折寸断或柔肠百结时愿意喝喝酒，萍水相逢或阔别重逢时也愿意喝喝酒，独坐四壁或置身喧嚣时还愿意喝喝酒……我并不反对他喝酒，只是希望他少喝，尤其不要喝醉。这要求多低、这希望多薄，他却只是对我笑，竖起一对早磨出茧子的耳朵，雷打不透，滴水不进。

从小离开父母，那么小独自一人漂泊天涯，怎不让人牵挂？记着弟弟喝酒成了我的一块心病。虽明知说也无用，偏还要唠叨不已。外出见到那些醉酒的人，总不由得想起弟弟。前年路过莫斯科，见到那么多酗酒的人被抬上警车狼狈的样子；今年在巴塞罗那，遇到醉酒的摩洛哥人拉着我的胳膊云山雾罩要和我攀谈的样子——都让我想起弟弟，莫非这便是醉到真乡？醉入仙境？我相信弟弟绝不至如此，他的真乡与仙境或许更妙，或许是一种解脱和升华，但我宁愿他不要这一切，而只像平常人一样将酒喝得适可而止，将酒视为一种普普通通的饮料。

今年秋天，弟弟千里迢迢来北京出差，虽长途跋涉，又几处换乘颇为不便。没带别的，竟带回一瓶瓷瓶的互助大曲。他掏出几经颠簸却保存完好的酒对我说："这是青稞酒，青海最好的酒！"我哭笑不得。

我们已经不再年轻。十七岁的少年痛饮只是往昔的一场梦。这次回家，我发现弟弟明显苍老许多，酒量已不如以前，往往几杯酒下肚，话稠语多，眼睛泛红而混浊，肩膀倾斜，手臂也不时隐隐发抖。我真担心这样喝下去待他年老时会突然支撑不住的。他却一如既往，高声呼道："来，干杯！"

我无法干杯。虽然我知道弟弟无限情感寄托于此。"功名万里外，心事一杯中"是他曾经抄给我的一句唐诗。但是我依然不能干。弟弟，我劝你也不要干，而放下你手中的酒杯。尽管这番话也许打不起一点儿分量，尽管这番话已经讲了一万遍，我仍然要对你再讲第一万零一遍！

你听到了吗？

1992 年 10 月 4 日于北京

白桦林

我见过的白桦林不多，以前只在北大荒我们的农场和八五二农场见过。我们农场那片白桦林靠近七星河边，八五二农场那片白桦林就在场部的边上，当初大概就是因为有这样一片漂亮的白桦林，才会择地而栖将场部建在那里吧？

在所有的树木中，白桦和白杨长得有些相像，但只要看白桦的树干亭亭玉立，树皮雪白如玉，一下子就把白杨比了下去。尤其是浩浩荡荡的白桦连成了一片林子，尤其是这两处白桦林都有几百年的历史，那种天然野性的气势，更是白杨和其他树难比的。白桦林让人想起青春，想起少女，想起肃穆沉思的力量和寥廓霜天的境界。

在新疆，钻天的白杨到处可见，但白桦很少。所以，当到达阿勒泰，朋友说带我们看他们这里的桦林公园，我很是吃惊。但真正见到之后，第二天又到哈纳斯湖旁看见白桦林，并没有一点惊奇。不是它们不美，是它们都无法和我在北大荒见过的白桦林相比。这里的白桦林大多长得有些矮，树干有些细，树冠又有些披头散发，没有北大荒的白桦林那样高耸入云，那种铺铺展展的野性，还有那股苗条秀气的劲头，便都弱了几分。特别是树皮也没有北大荒的白，而且多了许多如白杨树一样的疤痕，皮肤一下子粗糙了许多。加之枝条散落，压低了树干，更少了白桦林应有的那种洁白如云的气势。

想起北大荒的白桦林，总会想起秋天白桦的叶子一片金黄灿灿，像是把阳光都融化进自己的每一片叶子里似的。雪白的树干在一片金黄的对比中便显得越发美丽。到了大雪封林的时分，雪没了树干老深，像是高挑而秀气的一条条美腿穿上了雪白的高筒靴，洁白的树干静静的，在雪花的映衬下显得相得益彰、仪态万千。开春，是我们最爱到白桦林去的季节，那时用小刀割开白桦树的树皮，会从里面滴下来白桦的汁液，露珠一样格外清凉、清新。什么时候到林子里去，都能见到斑驳脱落的白桦树皮，纸一样地薄，但韧性很强，而且雪一样地白，用它们来做过年的贺卡最别致。只是那时我们谁也没有想到。

后来看普里什文的《林中水滴》，他描写雪中的白桦林时忍不住问："它们为什么不说话？是见到我害羞吗？""雪花落了下来，才仿佛听见簌簌声，似乎是它们奇异的身影在喁喁私语……"便想起北大荒的白桦林。

并不是因为青春时节在北大荒，便对那里的一切涂抹上人为诗化的色彩。确实是那里的白桦林与众不同。我们那时的生活是苦楚而苍白的，但自然界却有意和我们的现实生活做对比似的，让白桦林是那样的清新夺目，让我们感受到在艰辛之中诗意的生存，并没有完全离我们远去。

有些树木是难以入画的，但白桦最宜于入画，尤其是油画。列维坦曾经画过一幅叫《白桦丛》的油画，画得很美，但不是北大荒的白桦林，是阿勒泰和哈纳斯的白桦林。因为画得枝干瘦小，枝叶低垂，没有北大荒那种由高大、粗壮、枝叶钻天带给我们的野性，以及那种树皮雪白的独特带给我们的清纯与回忆。

不知八五二农场那片白桦林现在怎么样了。几年前我们农场七星河畔那片白桦林已经没有了，彻底地没有了。说是为了种地多挣钱，便都砍伐干净。那么大一片漂亮的白桦林，说没有就没有了。

1998 年冬日于北京

颠簸的记忆

没错，那一年，我九岁。我记得很清楚，那时，我正上小学二年级，火车第一次驶进我的生命里。是那一年的暑假，我坐火车去包头看姐姐。虽然那时我家住在前门外，紧靠着老的前门火车站，成天看见火车拉响着汽笛跑来跑去，但我还没坐过火车。因为姐姐就在铁路局工作，我对火车充满感情。因为那火车可以带我去看姐姐，就对火车更充满向往。

几乎天天我都在吵吵要去看姐姐。姐姐已经离开北京四年了，她在包头结了婚，有了孩子。我觉得那时我最想的就是姐姐。当然，姐姐也想我，她最后对爸爸说就让复兴来吧，上车托付给列车员应该没问题。爸爸觉得还是有问题。怎么那么巧，我们大院里有一个大姐姐那一年暑假刚刚从幼儿师范毕业，想在工作之前去呼和浩特看望她的哥哥。爸爸把我托付给了她。我很愿意和她一起，因为她长得很漂亮，还会拉手风琴唱歌。平常我们小孩子玩的时候，我总是希望她能够也来和我们一起玩，只是她总是很忙，即使不忙，她也总是很高傲高贵的样子，不大瞧得起我们小孩子。现在，她终于和我一起坐火车了，要坐整整一夜外带半个白天的火车。

我们一起坐上了火车，是硬座，那时的硬座是真正的硬座，光光的木板，一片一片地拼起来，黄色的漆很亮。车开了，能看到火车头喷出的白烟，袅袅地飘荡在我们的窗前。一切显得那么地新鲜。我们上了车没多久天就黑了，当车窗外扑闪而过的灯光如流萤和过山洞幽深莫测的新奇过去之后，我糊里糊涂地睡着了，一觉醒来发现自己的头倒在她的怀里。车厢微醺似的晃动着，她也睡着了，能够感觉到她均匀的呼吸像河面上冒出的温馨的气泡一起一伏着。那时，我特别幸福，因为这在平常的日子里是根本不敢想象的事情。大概我的醒来惊动了她，她睁开了眼睛，我马上有些不好意思起来，她却伸过一只胳膊搂住我的肩膀轻轻地说了句："就这么躺着别动，睡吧！"

第二天天亮的时候，我醒了，发现还躺在她的怀里。她拍拍我的头说："醒了，快吃点儿东西！"可是，我吃了她准备好的东西就开始吐。夜里睡觉不觉得什么，醒来晕车的感觉潮水似的一阵阵袭来，让我把吃的东西全部都吐出来还不解气，直觉得自己如此狼狈的样子在她的面前没有了一点儿面子。她开始慌乱起来，给我捶背，给我倒水。列车员也来了，帮助打扫，一直忙到呼和浩特就要到了。火车缓缓进站的时候，她再一次嘱咐列车员，然后嘱咐我，提着行李向车门走去。她下车后还特别走到车窗前再次嘱咐我。因为还有三四个小时我才能够到达包头，而这三四个小时只剩下我孤零零的一个人了。

我已经忘记了那三四个小时是怎么度过的了，没有了大姐姐的火车只剩下了眩晕的感觉。一个九岁的孩子，就这样完成了独闯京包线的壮举。

以后，京包线成了我许多个假期必走之路，那几次不同时刻的列车对我来说越来越不陌生，而晕车随童年的逝去而逝去了，代之在心中清晰记住的是那沿途每一个站的站名，哪怕只是柴沟堡、卓资山、察素齐、土贵乌拉这样的小站名。随着姐姐在京包线上的迁徙，我跑遍了临河、集宁和呼和浩特，沿线播撒种子似的，火车帮我收获了对姐姐的思念。一直到“文革”开始后，我就是到呼和浩特和姐姐告别，然后去的北大荒，风萧萧兮易水寒。

那一列北上的列车，遥远得比塞外的姐姐那里还要遥远，载走我整整六年的青春时光。去的时候，还没有显得远，而每一次从那里回来总觉得天远远的，好像路没有了尽头。

那时，每一次回家，都先要坐上一个白天的汽车到达一个叫作福利屯的小火车站，然后坐上一天蜗牛一样的慢车才能够到佳木斯，在那里换乘到达哈尔滨的慢车，再到哈尔滨换乘到达北京的快车。一切都顺利的话，起码也要三天三夜的样子才能够回到家。路远时间长都在其次，关键是有很多的时候根本买不到票，而探亲假和兜里的钱都是有数的，不允许我在外面耽搁，因为多耽搁一天就多了一天的花销少了一天的假期。那是我最着急的时候了。

那一年的夏天，我和一个哈尔滨的知青一起回家，在佳木斯买不到火车票，我焦急万分，他对我说：“你别急，我有法子。”他是一个大个头的小伙子，以打架出名，我怕他惹事。他一摆手：“你放心，这地方我比你熟！”说着拉着我从火车站的售票处走出了老远，一直走到铁轨交叉纵横的地方，货车、列车和破车杂陈，像是一个停车场。见我有些疑惑，他说：“你跟我走保你今天走成！我前年在佳木斯干了整整一冬，给咱们兵团运木头，这地方我贼熟！别说买不着火车票，就是买得着火车票我也不买，就从这里上车，乖乖儿拉咱回家！”然后他带我穿过那些杂七杂八的车厢，看准了车牌子上写着“佳木斯—哈尔滨”的一辆挂车，指指车牌子对我说：“上，就这辆！”上了空荡荡的车厢，他告诉我这是他轻车熟路，要不是今天跟着我非要规规矩矩买票，他早就奔这儿来了。

那车要在黄昏的时候才能够进站开车。我们俩在车里面一个人占一排长椅子整整眯了一觉，直到车厢轻轻一晃动才醒来。这时候，列车员走了过来，横横地冲我们喊道："谁让你们上来的？"他立刻也横横地回嘴道："车长！"列车员便也不再说什么，没再理我们。而当列车长走过来的时候，我有些紧张，生怕一问我们再和列车员对质穿了帮，但列车长根本连问都没问，只是看了看我们就走了。一直到列车开进了站台，我们还真的相安无事。他跳下车，在站台的小卖部买了点儿面包跑回来说："现在你该踏实了吧？吃吧，吃饱了睡上一觉，明儿早上就到哈尔滨了！"后来，他告诉我他这样如法炮制坐过好几次车都没问题。我问他为什么有这样大的把握，他说："你告诉列车员是车长让咱们上的车，列车员不说什么了，车长来了一看你都在那儿坐老半天了，肯定是列车员允许了，还问什么？再说了，他们家里谁没有插队的知青？一看咱俩这一身打扮还看不出来是知青，还跟咱较劲？"

在那些个路远天长的日子里，火车没有给我留下任何好的印象。在甩手无边的北大荒的荒草甸子里，想家、回家，成了心头常常唱响的主旋律，渴望见到绿色的车厢又怕见到绿色车厢，成了那时的一种说不出的痛。因为只要一见到那绿色的车厢，对于我来说家就等于近在咫尺了，即使路途再遥远，它马上可以拉我回家了；而一想到探亲假总是有数的，再好的节目总是要收尾的，还得坐上它再回到北大荒去，心里对那绿色的车厢总有一种畏惧的感觉，以致后来只要一见到甚至一想到那绿色的车厢，头就疼。

也许，人就容易好了伤疤忘了疼，时过境迁之后，过去的日子现在回想起来也有几分回味，毕竟那都是童年和青春时节的记忆，即使是痛苦的，也是美好的。

记得在北大荒插队六年之后我回到了北京，再也不用坐那遥远得几乎到了天尽头的火车了，心里有一种暗暗的庆幸。但是，有一次朋友借我一本《巴乌斯托夫斯基选集》，又让我禁不住想起了火车，才发现火车并不像我想象的那样可恶。那里面有一篇《雨蒙蒙的黎明》的小说，讲的是一个叫作库兹明的少校，在战后回家的途中给自己的一个战友的妻子送一封平安家书。库兹明在那个雨蒙蒙的黎明对战友的妻子讲述了自己乘坐火车时那瞬间的感受，即使过去了已经快三十年，我记得还是那样地清楚。他说：“您有时大约也会遇到这类情形的。隔着火车车窗，您会忽然看到白桦树林里的一片空地，秋天的游丝迎着太阳白闪闪地放光，于是您就想半路跳下火车，在这片空地上留下来。可是火车一直不停地走过去了。您把身子探出窗外朝后瞧，您看见那些密林、草地、马群和林中小路都一一倒退开去，您听到一片含糊不清的微响，是什么东西在响 ——不明白。也许，是森林，也许，是空气。或者是电线的嗡嗡声。也或者是列车走过，碰得铁轨响。转瞬间就这样一闪而过，可是您一生都会记得这情景。”

巴乌斯托夫斯基的感受如箭一样击中了我的心，在那六年中每次从北大荒回家的迢迢途中，隔着火车车窗望着窗外东北的原野、森林以及松花江，无论是在冬天的白雪茫茫或是在春天的回黄转绿之中，不也有过这样同样类似的情景吗？那曾经美好的一切并不因为我们的痛苦就不存在，就如同痛苦刻进我们生命的年轮里一样，那些转瞬即逝的美好也刻进我们生命的回忆里，在以后的岁月里响起了虽不嘹亮却难忘的回声。

去年，我听美国摇滚老歌手汤姆·韦茨的老歌，其中一首《火车之歌》，听得让我心里一动，不是滋味。他用他那苍老而浑厚的声音这样唱道：“我喝光了我每次借来的所有的钱……现在夜晚的黑色就像乌鸦，一辆火车要带我离开这里，却不能再带我回家。那些使我梦想成空的东西，正在火车站上彷徨。我从十万英里以外的地方来，没有带一样东西给你看……”他唱得是那样凄婉苍凉，火车真的是这样吗？不是哪怕再遥远也能够带你回到温馨的家，就是带你双手空空无家可归？想想，在那些从北大荒回家或从家回北大荒的火车上，我们的心情不正是如同汤姆·韦茨唱的一样颓然而凄迷？

火车带给我的回忆，也许就是汤姆·韦茨和巴乌斯托夫斯基的矛盾体。

火车颠簸着一代人抹不去的记忆。

2002 年 7 月 4 日于北京

借书奇遇记

三十三年前，1971 年的冬天，我正在队里的猪号里干活，那天晚上，刮起了铺天盖地的“大烟泡儿”，饲养棚的门被推开了，是我的一个在场部兽医站工作的同学。从他们那里到我这里，走了整整九公里的风雪之路。他是特意来找我的，我以为出了什么事情。

他不容分说，匆忙地拉着我就走，外边的雪下得正猛，我们两人冲进风雪中，白茫茫的一片，立刻就吞没了我们。

一路上，我才知道，他们兽医站有一个叫作曹大肚子的人，是钉马掌的，不知怎么听说我特别想看书，就在那天的晚上要下班的时候，对我的这个同学讲：“你让你的那个同学肖复兴来找我！他不是爱看书吗？”

虽然对这个曹大肚子心存疑惑，但也幻想着他备不住会藏龙卧虎。我们两人急匆匆往兽医站赶。第二天一清早，曹大肚子出现在我们的面前，同学向他介绍我的时候，我看出他有几分惊讶。没有想到风雪之中我们是如此神速。

第一印象，是很深刻的。他中等个儿，很胖，穿着一身旧军装，挺着小山凸起的大肚子，双手背在身后，眼睛望着上面，似乎根本没有看我，有几分傲慢地问我：你都想看什么书呀？写个书单子给我吧！

我当时心想，莫非这家伙真是有藏书，还是驴死不倒架摆这个派头？因为我知道他以前是我们农场办公室的主任，当过志愿军，1958年随十万转业官兵到北大荒，“文革”中被批斗之后，发配到兽医站钉马掌。但他那口气似乎不容置疑，半信半疑之中，我写下三本书的书名。到现在我依然清晰地记得，一本是亚里士多德的《诗学》，一本是伊萨科夫斯基的《论诗的秘密》，一本是艾青的《诗论》。说老实话，我心里是想为难他一下，别那么牛，这三本书就是在北京当时也不好找，别说在这荒凉的北大荒了。

谁想到，第二天一清早，他把用报纸包着的三本书递在我的手中，打开一看，居然一本不差。我对他不敢小看，不知水到底有多深。

在北大荒最后的两年，曹大肚子那里成了我的图书馆。但是，每一次借书，他都要我写个书单子，他回家去找，这成了一个铁打不动的规矩。一般他都能够找到，如果找不到，他就替我找几本相似的书借我。他从不邀请我到他家直接借书。我也理解，既然藏着这么多的书，他肯定不想让人知道，要知道那时候这些书都属于“封资修”，谁想惹火烧身呀？我便和他一直保持着这样的借书关系，每一次都跟地下工作者在秘密交换情报似的。

心里总是充满着好奇，这家伙到底藏着多少书？便蠢蠢欲动总想到他家里去看个究竟。这样的念头就像是皮球一次次被我压进水里，又一次次地浮出水面。

1974年的春天，我离开了北大荒，就在我离开之前的那年秋天，我下决心不请自来到他家里去一探虚实。到现在也忘不了那个晚上，我刚刚推开他家的篱笆门，一条大黄狗汪汪叫着就扑了上来，一口咬在我的右腿上，把我扑倒在地。曹大肚子两口子闻声跑了出来，一看是我，把狗唤住牵过去后忙问："咬着没有？"幸亏我穿着毛裤，才没咬伤我的肉。不过，外面的裤子和里面的秋裤都被咬了个大口子。曹大肚子只好无可奈何地把我迎进门。

一进屋，我就四下打量，一间屋子半间炕，几把破椅子，一个长条柜，那些书都藏在哪里呢？曹大肚子知道我到他家来的目的，却还是像平常那样不动声色，递给我一张纸和一支笔，依然是老规矩，让我先写书名，然后拿起我写的书单子，没有任何表情地说了一句"我帮你找找看"。看来我被他家狗咬的惊险举动，根本没有感动他。

那次，我写的是陈登科的《风雷》、费定的《城与年》几个书名。他让我等等，自己一个人走出了屋。他老婆在里屋踩着缝纫机替我补被狗咬破的裤子，一时没注意我，缝纫机的声音很响，像是我怦怦的心跳声，我犹豫了一下，还是穿着一条秋裤，悄悄地跟着他走出了屋，只见他走进他家屋旁的一间小偏厦，那是一般家里放杂物和蔬菜的仓库。门很矮，他凸起的大肚子很碍事，弯腰走进去有些艰难。看他走进去了半天，我在犹豫是不是也跟着进去。那条大黄狗正吐着舌头，蹲在偏厦门口不远的地方，凶狠狠地望着我。我到底忍不住好奇心的诱惑，豁出去了，还是走了过去，一边走一边胆战心惊望着那狗，还好，它没叫唤，也没扑过来。

走进偏厦一看，好家伙，满满一地都是用木板子钉的箱子，足足十几个，里面装的都是书。那一刻，我真的有些震惊，想不到一个老北大荒人，在那样偏僻的地方，居然能够拥有那么多的书，而且把这么多的书藏了下来，心里暗想，这得花多少工夫、精力和财力才能够做到啊。

曹大肚子正俯着身子，聚精会神地替我找书。我站在他的身后好久，他居然没有发现。门敞开着，风吹进来，吹得马灯的灯芯和他一样弓着，和他胖胖的弯腰的影子一起映在墙壁上，很像是一幅浓重的油画。

这时候，他回过头来，看见了我，他先是惊讶地眉毛一挑，然后嘿嘿地一笑，我也跟着他嘿嘿地一笑。那一刻，我到现在还清晰地记得，他的手正从箱子里拿出一本陈登科的《风雷》。

从此，他家对我门户开放。我非常感谢他和他的那些书，在那些充满寂寞也充满书荒的日子里，他家的那些书奇迹般地出现，让我感到荒凉的北大荒神奇的一面，让我对书、对这片土地不敢小视、不敢怠慢、不敢轻薄，让那些日子有了丰富而温暖的回声。

2004 年 8 月北大荒归来

华梅西餐厅

哈尔滨的中央大街，给我往昔的感觉是真实的。粗粝而高低起伏的石头铺就的街道路面，街旁卖大列巴、卖啤酒的，还都是老样子，一溜在街上摆开。过去哈尔滨流传这样的顺口溜："大列巴像锅盖，喝啤酒和驴赛。"人们要扛着列巴，提着"维得罗"（俄语，小桶的意思）上街去买啤酒。列巴和啤酒是这座城市区别于其他城市的标志，豪爽的气派，让你一下子体会到什么叫作北方，北方的感觉，首先从列巴和啤酒淋漓尽致地表现出来。

对于我，到中央大街上来，更希望找到华梅西餐厅，那是一家俄式的老餐厅，它的红菜汤和炸苹果以及自酿的略带酸味的红葡萄酒，都是地道的俄罗斯风味，是在别处尝不到的。那一年，我从北大荒回北京探亲，路过哈尔滨，虽然只有大半天的转车时间，我还是跑到了这里，慕名找它。

那时，不知为什么它能够劫后余生得以重新开张，反正我来到了这里，无论红菜汤、炸苹果，还是自酿的略带酸味的红葡萄酒，味道绝对都不错，以至在以后的日子里我先后去过俄罗斯两次，住在莫斯科最好的俄罗斯饭店，吃到纯正的俄罗斯西餐，也觉得没有它的味道好。先入为主的印象，有时候就是这样地不可收拾，更何况它是青春时节先入为主的印象，就更加如刀子刻印下来一样，无法磨灭。华梅西餐厅二楼楼道拐角处，还有一幅巨大的油画，让我很难忘怀，那是一幅女人大半身的肖像，大概是位贵妇，在昏暗的灯光下楚楚动人的样子，让我想起安娜·卡列尼娜或娜达莎。它至今依然鲜活如昨地存活在我的记忆里，和许多青春的记忆一样，没有因事过境迁而失去它的色彩。

我从一道街找到十二道街，也没有找到华梅西餐厅，心想它不会如鸽子一样从中央大街上飞走了吧？只好问人了，年轻人对华梅西餐厅已经有些陌生，他们对我的询问显得有些迟疑，旁边走过带着一个五六岁小男孩的中年母亲，好心地告诉我："你已经走过了，就在六道街附近。"然后对我说："现在华梅已经不行了，菜的味道差了，管理也差了，你要是吃西餐，应该去波特曼。"我问波特曼在哪里，她告诉我离华梅不远，是一家新开的，也是地道的俄罗斯风味，晚上还有来自俄罗斯的姑娘演奏小提琴和萨克斯。

按照这位母亲的指引，我找到了华梅，却一点儿也认不出来了，好像根本就没有来过一样地陌生，怪不得刚才路过它时一点儿都没有注意到它。我走了进去，由于不是开饭时间，里面一个客人都没有，也根本没有二楼楼道的那幅油画。

这一年的冬天，我有机会再一次来到哈尔滨，还惦记着华梅西餐厅，惦记着二楼楼道拐角处那幅油画，想会不会是上次不够仔细，或者事过经年油画早已经移放到别的地方去了。便心不死又来到华梅西餐厅。还是没有找到那幅油画，问了餐厅的工作人员和就餐的老哈尔滨人，都望着我摇摇头。

记忆有时就是这样地不可靠，青春许多的事情乃至难忘的事情，就这样被一笔勾销，连一点渣滓都被时光吞咽得干干净净，留给我的是一片空白。

2005年2月哈尔滨归来

美丽的脆弱

我有一个朋友，假期没有像有的人那样往风景热闹的地方跑，偏偏跑到了当年他插队的地方。那是一个叫作西尔根的地方，很动听也很陌生的名字。走之前，全家没有一个人同意他去。是啊，都离开那里二十六年了，没有任何一点儿的联系，干吗心血来潮非要去那里？他偏偏就是一意孤行，只好偷偷地离开家，上了奔向内蒙古草原的火车。就像二十六年前他离开北京去西尔根那天一样，也是独自一人，傍晚的夕阳火红但显得有些凄清。

其实，上了火车，他自己也没明白为什么一根筋似的非要大老远地跑一趟那里。也许就像罗大佑的歌里唱的那样："眼看着高楼越盖越高，可是人们见面的机会却越来越少；苹果的价钱卖得比以前高，味道却不见得比以前的好；彩色电视机越来越花哨，能辨别黑白的人却越来越少……"久居城市，天天见到的都是这些钢筋水泥和上了油彩化妆的脸，心都磨出了厚厚的老茧，硬得油盐不进，真是容易让人心烦意乱，他要躲个清静，突然想起了离开了二十六年的那个遥远的草原？

他说不清，他是个强悍的人，想好的事就要去做，不会在关键的时候弱下来。坐了一天一夜的火车，又坐了大半天的汽车，他就是要奔向那个叫作西尔根的地方。这地名对家人陌生得犹如在天外另一个星球之上，对他却是比世界上任何一个旅游胜地或其他辉煌的地名都要刻骨铭心。望着窗外奔驰而过的北方原野，他愣是一天一夜在火车上没合眼。

他终于见到了西尔根，和在西尔根他想见的人。他曾经在那里度过了整个青春期，那个地方怎么能够像吃鱼吐刺似的轻易地剔除得掉呢？许多和青春连在一起的东西和地方，不管好坏，都是难以忘掉的。西尔根，西尔根，有时会在心中叫着它，就像叫着自己的名字一样。

因为最后几年他当了民办老师，他教过的学生先是呼喊着“巴克西依乐咧”（蒙古语“老师来了”）都跑了过来，却不是他想象的样子，个个已经面目皆非。都是有了孩子四十岁上下的人了，有的还居然有了孙子，能不让他感慨路迷天折，流年暗换？

又听见了熟悉的蒙古语，又吃到了熟悉的扒羊肉，又喝到了熟悉的奶皮子，又闻到了熟悉的“乌了莫”拌炒米的香味和属于西尔根草原风中的清香……酒酣耳热之际，这些学生们对他说：“老师，我们给你唱首歌吧！”他以为是常见的蒙古族人喝酒时的唱歌助兴，那就唱吧，没想到他们忽然齐刷刷地站了起来，齐声声唱的竟是二十六年前自己教他们的那首歌。如果不是他们唱，他几乎都要忘光了，他一辈子就自编了这么一首歌，二十六年了，他们居然还记得？记得这么清清楚楚！不知怎么搞的，当着那么多的学生，一下子竟泪流满面。

他才发现自己原来并不那么坚强，竟然这样脆弱。一首陈年老歌就让自己的眼泪没出息地流出来。

其实，有时候，人心需要一点脆弱。我们太崇尚所谓的强人和牛仔硬汉，其实，时时都是那样坚强，像时时穿着盔甲、举着盾牌似的，会让人受不了。就像城市要是处处都变成坚强的钢筋水泥，露不出一点儿见泥见土的地方，就不能让雨水渗进去，滋润出一片青草或一匝绿荫。如果我们还能够在行色匆忙之中偶然被一首陈年老歌或被一点儿些微小事所打动，说明我们还有可救药。

有时候，脆弱就是这样测量我们是否还有可救药的一张 pH 试纸。

2005 年 5 月写毕于北京

草帽歌

那年的夏天，我在 5 号地割麦子。北大荒的麦田，甩手无边，金黄色的麦浪起伏，一直翻涌到天边。一人负责一片地，那一片地大得足够割上一个星期，抬起头是麦子，低下头还是麦子，四周老远见不着一个人，真的磨人的性子。北大荒有俗语“割麦和泥垒大坯”，它们是磨性子的三大累活。

那天的中午，日头顶在头顶，热得附近连棵树的阴凉都没有。吃了带来的一点儿干粮，喝了口水，刚刚接着干了没一袋烟的工夫，麦田那边的地头传来叫我名字的声音，麦穗齐腰，地头地势又低，看不清来的人是谁，只听见声音在麦田里清澈回荡，仿佛都染上了麦子一样的金色。

我顺着声音回了一声：“我在这儿呢！”顺便歇会儿，偷点儿懒。径直望去，只见麦穗摇曳着一片金黄，过了好大一会儿，才渐渐地看见麦穗上飘浮着一顶草帽，由于草帽也是黄色的，和麦穗像是长在了一起，风吹着它一路船一样飘来，在烈日的直射下，如同一个金色的童话。

走近一看，原来是我的一个女同学。她长得娇小玲珑，非常可爱，我们是从北京一起来到北大荒，她被分在另一个生产队，离我这里十八公里。她是刚刚从北京探亲回来，家里托她给我捎了点儿吃的东西，她怕有辱使命，赶紧给我送来。队里的人告诉她我正在 5 号地割麦子，她又马不停蹄地跑到了麦地里。当然，我心里明镜似的清楚，那时，她对我颇有好感，要不也不会有那么大的积极性。

接过她捎来的东西，感谢的话、过年的话、玩笑的话、扯淡的话、没话找话的话……都说过了之后，彼此都拘着面子，又不敢图穷匕首见，道出真情，便一下子哑场，到告别的时候了。最后，我开玩笑地对她说："要不你帮我割会儿麦子？"她说："拉倒吧，留着你自己慢慢地解闷儿吧。"便和我告别，连个手都没有握。

麦田里，又只剩下我一个人，无边翻滚的麦浪，一层层紧紧拥抱着我，那不是恋人的爱，而是魔鬼一般的磨炼，磨退一层皮，让你感觉人的渺小，然后渐渐适应，让别人说你成熟。

过去了一个多小时，身后的麦捆都捆好了好多个，战俘一样七零八落地倒伏着。忽然，地头又传来叫声，还是她，还是在叫我的名字。我回应着她，趁机又歇会儿。过了一会儿，看见那顶草帽又飘了过来，她一脸汗珠地站在我的面前。

我不知道她来回走了八里多地折回来干什么，心里猜想会不会是她鼓足了勇气要向我表达什么了，一想到这儿，我倒不大自在起来。

她从头上摘下草帽，一头热汗蒸腾的头发像是刚刚揭开锅的笼屉。她把草帽递给我说："走到半路上才想起来，多毒的日头，你割麦子连个草帽都没有！"然后，她走了，望着她的身影在麦田里消失，完全融化在麦穗摇曳的一片金色中，我没有找出一句话，我总该对人家说一句什么才好。

往事如烟，过去了将近四十年，日子让我们一起变老，阴差阳错中我们各奔东西。但是，常常会让我感慨，有时候，你不得不承认，无论是在记忆里，还是在现实中，友情比爱情更长久。

2005 年夏于北京

地理课

在北大荒，我在队里当老师，教复试班，是那种一个班里从一年级到六年级的学生都有的班，语文、数学、地理、自然、历史、美术、体育什么课都得是你一人去拳打脚踢。这样的班自然很难教，常常是按下葫芦起了瓢，那帮学生那么老实听凭你一人摆布？

班里最老实的是队上喂马的老李头的女儿，上六年级了，瘦小得还像是刚上学的孩子，坐在教室里，整天跟个扎嘴的葫芦一样，一句话不说，就那么望着你。我教她还没一个月，她就不来上学了，说是帮家里干农活去了。那时，我一腔热血，自以为可以解放天下三分之二受苦受难的人民，怎么能够让这样贫农的好孩子不上学呢？一天晚饭后，我摸黑找到她家。走进屋，我什么话也甭说了，屋里破烂得跟猪圈似的，一大帮孩子张着口等着吃饭，她是老大，家里不靠她靠谁呢？

她提着一盏马灯送我出来，一直送我很远。突然，她站住了，我不知她要做什么，她的背后是北大荒苍茫的夜空，没有月亮，一天的星光辉映在她瘦弱的肩头。我刚要问她：有什么事情吗？她突然问了我一句：“老师，你说学地理课有什么用？是不是以后走路就不迷路呀？”

三十多年过去，这句话还回荡在我的耳边，还是像针扎一样让我难受而无言以对。

大学毕业的暑假，我回了一趟北大荒，坐上回队上的长途汽车，车要开一百多里才能够到达。车刚要开，一个胖乎乎的女人嚷嚷着气喘吁吁地跑上了车。起初，我没有认出她来，她那一身装束完全本地化了，晒得黑黝黝的一张脸和一个当地的农妇没什么两样。当时，我只注意她的手里拿着一个帆布做的小书包，书包上面印着颐和园的图案和“北京”两个大字。如果不是后来车上有熟人告诉我，我真不敢认她。

想一想，那一年，我三十五岁，她比我小五届，当年和我一列车皮从北京来到北大荒的。她是特意跑了一百多里地，来给她家的老二买书包的。那一年，有了地理课，这孩子一个劲儿非要买一个带“北京”两个字的书包。

她说这话时，让我的心里一动。她家的老二的血统里，有一半属于北京，北京却离他那样远，远得只剩下书包上那两个虚无缥缈的字，远得只能够通过地理课来认识了。我忽然想起了老李头的女儿那句关于地理课的问话，心里禁不住一紧。在北京，或在任何一座城市里的孩子，或许对于地理课都不会特别在意，而在偏远的北大荒，地理课是和外面世界联系的特殊的一座桥。地理课能够给予他们许多想象和向往，那一个个对于他们陌生而永远难以到达的地名，是藏在他们心里的一朵朵悄悄开放的花。

去年，我回北大荒，特意打听老李头的女儿，人们告诉我她死了，我问什么病？是精神病。为什么会得这种病呢？会不会是地理课给了她向往却也给了她无奈？一朵花还没开就凋零了。

2006 年 8 月 7 日于北京

北大荒的教育诗

重返北大荒，农场的场部，建起了许多新房子，我已经分辨不出来原来学校的位置应该在什么地方了。场长把我带到离场部很远的一条路边，雨后的路翻浆翻得很厉害，两道车辙很深，弯弯曲曲地伸向前方，前方是一片绿荫蒙蒙，在阳光下闪着迷离的光，像是《绿野仙踪》里的某些场景。场长指指那片一团绿色的地方，对我说："那里就是原来学校的地方。"

原来的学校在场部工程队的后面，是一个四方形的校园，没有围墙，四面都是房子，天然围成了一个开放型的校区。我就在靠西的那一排房子中的一间教室里教高二一个班的语文。在这所学校里，我做得最得意的事情，是在班上成立了一个文学小组。最初，我组织这个文学小组的一个主要目的，是当时班上的一个男学生非常调皮，上课时他捣乱，我批评他，他坐在靠窗的座位上，不高兴了，翻身一跃，从窗户跳到外面，你追到教室外的时候，他早跑没影儿了。我让他当我语文课的课代表，然后当文学小组的组长，每次活动的时候，负责招呼同学。我希望引起他对语文的兴趣，帮他树立起学习的信心。我发现当上了这个课代表和小组长之后，他比班上别的干部还要负责，大小事，都是他张罗，拎着鸡毛当令箭，像那么回事似的。开始参加小组活动的人有十几个，后来到二十多个，全班一半以上的同学都参加了，不能不说是当时学校的一大新闻。

那时，还没有电视，晚上的文化活动很少，他们并不清楚文学小组究竟是干什么的，只是当成了一种玩，无形中让寂寞的晚上多了一些调剂的内容。

那时，他们是多么地小，而我还算得上年轻。我的课代表记得最多也最清楚的，是有一天晚上天忽然下起暴雨来，我还是先到教室里来了，但望着窗外暴雨如注，雷电闪动，心里对这晚上的文学小组的活动不抱什么希望了。这么大的雨，通往学校的路都是泥路，早都陷得坑坑洼洼的泥泞一片了，而且没有一盏路灯，黑漆漆的吓人。即使孩子想来，家长也不让来了呀。可是，同学们竟然还是来了，最早来的是我的课代表。他说："当时你坐在讲台桌上。"——我想起来了，我是坐在讲台桌上，当我看到我的课代表披着一件厚厚的军用大雨衣，打着手电筒，出现在教室门口的时候，我高兴得一下子从讲台桌上蹦到了地上。没过多大一会儿，同学们都打着伞的打着伞，穿着雨衣的穿着雨衣，陆陆续续地来齐了。手电筒在暴雨中忽闪忽闪的，让那个夏天暴雨的夜晚充满暖意。

"当时，你对我们说，这暴雨中的手电光，就是诗。"我的课代表现在还清晰地记得，他这样对我说。他说得没错，或者说我当时说得没错，那就是诗。那是属于他们的诗，也是属于我的教育诗。

他还对我说："还有一天晚上，场部里演露天电影，就在工程队的院子里，离学校很近，能够从我们教室的窗户里看到那里银幕上的闪动，听见电影里的声音。那天晚上我们文学小组活动，没有一个同学去看电影，相反，后来我们的活动倒把好多看电影的人吸引了过来，跑到教室里听你讲诗。”

这件事情，我倒是真忘得一干二净了。真的吗？我有些不相信。

但他肯定地说：“保证没有错。我记得特别地清楚，那天晚上演的是罗马尼亚的电影《多瑙河之波》。”

许多往事，自己早已经忘记，沉睡在过去的阴影里，往往是别人的回忆把它们唤醒，别人的回忆像光一样照亮它们，也照亮自己的回忆，它们才会这样像鱼一样游来游去，游到我的面前，带来过去年月里水花的湿润，水草的腥味，还有那时的星光月色映照在水面上的粼粼闪光。

我真的非常怀念我在学校的那段日子，怀念那个暴雨如注的夜晚，怀念那个演罗马尼亚电影《多瑙河之波》的夜晚，怀念所有那些个有星星还是没有星星有风雪还是没有风雪的夜晚。当我站在这个翻浆的路口，望着那片绿荫蒙蒙的时候，那些个夜晚，又开始一一出现了，像是春天的地气一样，在遥远的地平线上袅袅地升起来，弥漫在我的身旁，让我想起了那些个夜晚是那样地真实，可触可摸，含温带热，甚至能够感受到它们涌动的气息，春天水泡子里冒出的气泡似的，汩汩地涌到身边，温馨而动人。

2006 年 10 月 25 日改毕于北京

后知青时代的“老三样”

最近，先后去了哈尔滨、天津、珠海、海南等地，见到当地的知青朋友，他们都有自己的知青联谊会和网站，联络起来很方便，一呼百应，如同散落的蒲公英立刻复原聚拢在一起。忽然发现，天南地北，虽相距遥远，但心有灵犀，如今热衷的事情，不忌讳雷同，竟然如出一辙。便都是大聚会、出书和文艺演出这样“老三样”，就像当年聚在一起齐声朗读“老三篇”一样。

聚会，不只是三五朋友的小酌，也不满足于当年一个生产队里插队知青的碰面，而是一地乃至几地知青的大 Party，千条江河归大海一般，云集一起，声势浩大，甚至每地每个生产队都有自己专属的大红旗，让人想起当年上山下乡时红旗漫卷西风的壮举。

出书，近几年知青中颇为风行，如水蔓延出堤坝，几乎浸透各地，越出越多，越出越厚。以我们北大荒为例，三十年前，只有《北大荒风情录》和《北大荒人名录》两部；如今，几乎每个农场甚至有的生产队都有自己砖头一样厚厚的专著，像我当年所在的大兴农场，去年刚出过一部，今年觉得不过瘾，马上就要出第二部。

文艺演出，则是聚会的附件。尽管是附件，投入的热情和财力却是不小，成了知青聚会的重头戏。不仅让当年农村、农场或兵团的毛泽东思想文艺宣传队的老演员有了梅开二度的机会，也让平常日子里在公园或立交桥下唱歌跳舞健身的一般知青有了用武之地，有的地方，比如海口，还特别从北京请来专业的演员助阵，急管繁弦，好不热闹。

冷静下来细想，如此“老三样”，三箭齐发，回溯的靶心都是青春之地。难怪赵薇的电影《致青春》那样火，“致青春”是人生和艺术永恒的主题。尽管后知青时代的知青已经是一脸褶子了，但并不妨碍一样可以“致青春”，这样的“致青春”是涂抹在心灵上的去皱霜，是让过去的回忆成为今天早已经变化的语境中的编码，以此进行交流沟通，以此虚拟了眼下早已变化的等级乃至权力与财富的人们，在知青的共同称谓与命名中寻找消失的身份认同。

所以，才有了这样无师自通的“老三样”，不用一位指挥家即可集体一起齐刷刷演奏，且回荡着青春同样的交响共鸣。这种三位一体系列化的活动，已经成为后知青时代一种不约而同的仪式。聚会是仪式最外层的包裹，文艺演出是仪式里面最美味的馅，而出书则是为仪式留下文字的记录，让这种仪式更有庄重感，也让进入后知青时代大多数已经退休甚至拿到了老年证（北京六十五岁以上的老人可领取老年证，获取免费乘车等优惠）的老知青，在早已被边缘化甚至被人们遗忘的状态下，觉得逝去的青春和今天的生活都有了无缝的衔接，甚至有了些许的意义。

其实，任何一代人都有权怀旧，致敬自己的青春。只是知青一代越发显得恋旧，而且不愿意孤杯自饮，而是愿意聚集在一起抱团取暖。抱团取暖，便是自己觉得有寒意在身，其背后的文化诠释，除了孤独寂寞之外，更多的是对逝去的知青时代一团乱麻的难解难分之情。这也就是新时期三十多年来知青文学虽然时有热闹的泡沫涌现却鲜有突破的原因，或者基础。

因此，在聚会中，容易让怀旧淹没，企图以青春的回忆照亮今天的生活，成了后知青时代自造的幻象。因此，在书中，看到的同质性、互文性和重复性的东西更多，对抗性、差异性和审视性的东西少，大家更多是在相互阅读中得到自我认同和相互抚慰。而文艺演出，让我们看到的是回光返照，甚至是当年热歌劲舞原封不动的照搬，在慷慨激昂的拟仿和抒情中，恍惚中，模糊了回忆与现实的边界。

2013 年 4 月 19 日于北京

赛什腾的月亮

又到中秋节了，不知道柴达木赛什腾山上的月亮，今年是不是和往年一样地圆？

赛什腾山应该算是昆仑山的余脉，那时候，在青海石油局的冷湖四号老基地，从哪个井队的位置上都可以望到它。望着它，觉得很近，却是望山跑死马，跑到山脚下，至少要花上半天的时间。

那时候，是指 1968 年。这一年，北京的初三学生甘京生和一批北京的中学生来到冷湖，成为一名石油工人。那时候，他还不到十八岁。就在那一年的中秋节，井队放假，他和几个同学约好，一上午就从四号老基地出发，往那座已经望了大半年的赛什腾山走去。那座每天都会映入眼帘的赛什腾山，在柴达木明亮得有些刺眼的阳光照射下，有时候会如海市蜃楼一般缥缈，让甘京生对它充满无数的想象。甘京生喜欢幻想，或许这是他从小时候就养成的习惯，他喜欢独自一人望着天空或树林或校园里的篮球架遐想联翩。大概和他喜欢读文学的书籍有关，那些书让他常常禁不住心旌摇荡，天马行空。

否则，他不会和同学约好向那座秃山走去。去之前，师傅就对他说过："那山上什么也没有，从来就没有人爬上去过，你去那儿干啥？"他还是执意去了，累了一身的大汗，走了整整一个上午，下午 1 点多的时候才走到山脚边，吃了点东西继续爬，下午 4 点多的时候，终于爬到了山顶。山上除了有些芨芨草和星星点点的黄色的野花，真的什么都没有，都是一些裸露的灰色石头，仿佛月球的表面，显得那样地荒寂。

但是，甘京生很兴奋，他管这些小黄花叫作赛什腾花，就像老一辈石油人找到了石油把山下那一片井架林立的地方命名为冷湖一样。青春年少能够燃烧激情和幻想，让平凡琐碎的日子焕发出光彩。中秋节的天气在柴达木盆地已经冷了，天黑得也早了。爬上山没有多久，天色就渐渐暗了下来，秋风一吹，有些萧瑟沁凉如水的感觉，同学们都说赶紧下山吧，天再黑下来，下山的路就不好找了。他却坚持要等到月亮出来。"好不容易来一趟赛什腾山，又赶上中秋节，没看到月亮怎么行？"他对同学说。同学只好陪他一起看月亮。

那是甘京生第一次在赛什腾山看到月亮。那赛什腾的月亮，令他一生难忘。他能说出赛什腾的月亮和北京的月亮有什么不一样吗？他说不清楚，只觉得天远地阔，四周一片荒凉，月亮却和照在北京城里一样，那样浑圆明亮地照在这里没有一点儿生命气息的石头和萋萋野草，还有他刚刚命名的赛什腾花上。他觉得月亮真的非常伟大，对世界万物无论尊卑贵贱无论远近大小，都是一视同仁地那样平等。

这是第二年我在北京见到甘京生时，他对我说起中秋节爬赛什腾山看月亮时候讲的话。那一年夏天，他回北京探亲，专程来家看我，从青海回京的途中，他一路下车，不停游玩，在洛阳看过云冈石窟，他还在那里买了几本旧书，带回来送我。他的这一举动，让我刮目相看，好不容易有了数天规定好的探亲假，还不早早回家，谁舍得把时间浪费在路上，还惦记逛书店，买几本当时看来无用甚至被视为有害的书？他的浪漫之情，和当时正在热闹闹搞阶级斗争的气氛是多么地不谐调。

那是我第一次见到他。他和我弟弟是同学，又同在冷湖为石油工人，他是受弟弟之托来看我的。那一天晚上，他住在我家，我们抵足未眠，秉烛夜谈，聊了很多，他说这番话时，像一个文艺青年。如今，文艺青年像一个贬义词了，其实，真正成为一个文艺青年，并不容易，他除了必须具有文艺气质之外，更需要一颗怀抱对生活和对文学一样真正的赤子之心。这不是装出来的，而是一生的追求。

甘京生难得，是他并不只是在他十八岁那一年心血来潮爬了一次赛什腾山，看了一次中秋节赛什腾的月亮。从那一年开始，每年中秋节他都会爬一次赛什腾山，看一次赛什腾的月亮。20 世纪 80 年代，他调到冷湖石油局中学里当语文老师，兼班主任。他开始带着他班上的学生，每年中秋节爬赛什腾山，看赛什腾的月亮。那些生在柴达木长在柴达木从未出过柴达木的孩子，从来没有特别注意过中秋节的月亮，更没有爬上赛什腾山看月亮的习惯。甘京生当了他们的老师之后，赛什腾的月亮，成为他们日记和作文中的内容，成为他们学生时代最美好而难忘的回忆。他让这些孩子看到了虽旷远荒寂却属于柴达木自己的独特的美。

甘京生离世已经二十多年了。他是因病去世的，他走得太早。如今，他教过的第一批由他带领爬赛什腾山看月亮的学生，已经四十多岁，他们的孩子到了读中学的年龄。不知道还会有哪一位老师带他们爬赛什腾山看中秋的月亮？

赛什腾的月亮！

2013 年 9 月 18 日中秋节前夕写于印第安纳

麦秸垛和豆秸垛

在北大荒插队的时候，我只留意过豆秸垛，没有怎么留意麦秸垛。那时候，队上每家的房前屋后最起码都要堆上一个豆秸垛，很少见有麦秸垛的。我们知青的食堂前面，左右要对称地堆上两个豆秸垛，高高的，高过房子，快赶上白杨树了。这些豆秸，要用整整一年，烧火做饭，烧炕取暖，都要靠它。

麦秸垛，一般都只是堆在马号或牛号旁，喂牲畜用，不会用它烧火做饭，因为它没有豆秸禁烧，往灶膛里塞满麦秸，一阵火苗过后，很快就烧干净了，只剩下一堆灰烬，徒有热情，没有耐力。

返城后很多年，看到了凡·高的速写和莫奈的油画，有很多幅画画的是麦秸垛，一堆堆，圆乎乎，胖墩墩，蹲在收割后的麦田里，闪烁着金子般的光。才发现麦秸垛挺漂亮的，只不过当初忽略了它的存在。只顾着实用主义的烧火做饭、烧炕取暖，不懂得它还可以入画，成为审美的浪漫主义的作品。

后来看到文学作品，大概是铁凝的小说，她称麦秸垛是矗立在大地上女人的乳房。这样的比喻，我从来没有想到过，尽管我在北大荒经历过好多年的麦收。但我不得不承认，这个比喻新鲜，充满乡土气息和人情味，让我忍不住想起当年在北大荒一望无际的麦田里，弯腰挥舞镰刀也抖动着大乳房的当地能干的妇女。

再后来，我看到聂绀弩的诗，他写的是北大荒的麦秸垛："麦垛千堆又万堆，长城迤逦复迂回。散兵线上黄金满，金字塔边赤日辉。"他写得要昂扬多了，长城、黄金和金字塔的一连串的比喻，总觉得压在麦秸垛上会让麦秸垛力不胜负。不过，也确实惭愧当年在北大荒收麦子时缺乏这样的想象力。

但是，对于豆秸垛，我多少还是有些想象的，那时看它圆圆的顶，结实的底座，阳光照射下，一个高个子又挺拔的女人似的，丰乳肥臀，那么给你提气。当然，比起麦秸垛的金碧辉煌，豆秸垛灰头灰脸的，像土拨鼠的皮毛。只有到了大雪覆盖的时候，我才会为它扬眉吐气，因为那时候，它像我儿时堆起的雪人。

用豆秸，是有讲究的，会用的，一般都是用三股叉从豆秸垛底下扒，扒下一层，上面的豆秸会自动地落下来，填补到下面来，绝对不会自己从上面塌下来。在这一点上，麦秸垛是无法与之相比的，如果是麦秸垛，早就像一摊稀泥一样，坍塌得一塌糊涂，因为麦秸太滑，又没有豆秸枝杈的相互勾连。所以，就是一冬一春快烧完了，豆秸垛都会保持着原来那圆圆的顶子，就像冰雕融化时候那样，即使有些悲壮，也有些悲壮的样子，一点一点地融化，最后将自己的形象湿润而温暖地融化在空气中。

因此，垛豆秸垛，和垛麦秸垛，是完全两回事。垛豆秸垛，在北大荒是一门本事，不亚于砌房子，一层一层地砖往上垒的劲头和意思，和一层一层豆秸往上垛，是一个样的，得要手艺。一般我们知青能够跟着车去收割完的豆子的地里去拉豆秸回来，但垛豆秸垛这活儿，都得等老农来干。在我看来，会垛它的，会使用它的，都是富有艺术感的人。在质朴的艺术感方面，老农永远是我的老师。

不能怪我偏心眼儿，对豆秸垛充满感情。对于麦秸垛，我的心里有一道迈不过去的坎儿。尽管看过了凡·高和莫奈的画，看过了铁凝的小说和聂绀弩的诗，对于麦秸垛，还是提不起足够的精神，用他们那种独有的审美眼光，重新审视麦秸垛之后，从容地迈过这个坎儿。

我怎么也忘不了，四十五年前，在北大荒的麦收时节，打夜班收麦子，一位北京女知青，因为一连几夜没睡觉，太困了，倒在麦地的一个麦秸垛里睡着了。那时候，联合收割机在麦地里收好麦子顺便就脱好粒，剩下的麦秸，就地垒成小小的麦秸垛，等天亮时马车来拉走，拉到马号或牛号去，或者是麦收后一把火把它烧净。大概怕着凉，这个女知青顺手在自己的身上盖了一层麦秸。一片金灿灿的麦秸在月光下闪光，收割机开了过来准备拐弯去收割下一片麦田的时候，以为真的是一个小小的麦秸垛，便开了过去，从她的腰间无情地压了过去。

我常想起我们农场那位躺在麦秸里被收割机压伤腰的女知青。在那一群女知青中，她长得很出众，高高的身条儿，秀气的面庞，如今只要一想起麦秸垛，我的眼前就忍不住浮现出她青春时如花似玉的样子。

回北京这么多年，我只见过她一次，是个夏天的黄昏，她一个人扶着墙艰难地向胡同口的公共厕所走去。我很难忘记那个夕阳中拖长的她那蹒跚的身影，我不敢招呼她，我怕引起她伤怀的往事。我的心真是万箭穿伤，不知道她恨不恨那个麦秸垛，我是恨透了麦秸垛。

我知道，这是我的偏颇，麦秸垛是无辜的，只不过有我的感情在里面而伤感。即使我无法以凡·高、莫奈、铁凝和聂绀弩一样，赋予麦秸垛那样多的诗情画意，但坦率地讲，北大荒的麦秸垛和豆秸垛，都让我无法忘怀，是它们让我看到了生活中的美好与艰辛，看到了青春如风，流年似水，成为我抹不去的回忆背景。

2014 年 8 月底于布鲁明顿

复华去了柴达木

前年清明节，遵照复华生前的愿望，我和复华的妻子与儿子，一起送复华的骨灰回青海，回了一趟冷湖。在这片荒凉又偏远的地方，复华生活和工作多年，最美好的青春期在这里随风散尽。那天，见到了复华的朋友艾剑青。我以前没有见过他，他是驱车几百公里，从格尔木赶过来的，只是听说我们来，要过来看看我们，更为了看看复华。他带来一本《钢铁是怎样炼成的》，是 20 世纪 50 年代出版的旧书，封面已经破损，书页也卷角了。他告诉我，这本书是当年他和复华一起在冷湖时复华送给他的，那时他们都爱好文学。他一直珍藏着这本《钢铁是怎样炼成的》，珍藏着和复华的友情，以及在冷湖共同拥有的青春岁月。

我发现，艾剑青那样重感情，也发现，复华真的有个好人缘。后来听复华的妻子告诉我，每年清明节，艾剑青都会给她发短信问候，一起怀念复华。并不是所有的人，都能够几百公里穿越沙漠戈壁，只是为看一个人的；并不是所有的人，都能够在清明节记得发来一封短信，只是为纪念一个人的。

真的，我非常感动，为艾剑青，更为复华。

那一刻，我想起了复华。石油部的总地质师黄先训先生，“右派”刚刚平反，便要求来柴达木，因为他去过全国所有的油田，唯独没有来过青海油田。却在买好了火车票之际查出癌症晚期，病逝前要求把骨灰埋在柴达木的冷湖。复华是从广播里听到的这个消息，感动之余当晚写了那首《冷湖的上空多了一颗星》的诗。从那时开始，每年的清明，他都会一个人到冷湖的烈士公墓，去黄先训先生的墓前培土祭扫。

好人缘，是人们对复华的共识。复华的朋友多，不仅因为他和艾剑青一样重感情，更重要的是，他和艾剑青一样，对曾经伴随他们共度青春期的柴达木有一份深情。无论是谁，见过的，或没见过的，只要是和柴达木有关系，他都会像是踩着尾巴头会动一样，禁不住感动而激动起来，乃至热泪盈眶。我便也就理解了他为什么一见到朋友就要那样纵情饮酒了，哪怕是到了晚年，到了病重的时候，依然会对酒一往情深。晚年放翁的诗有“百岁光阴半归酒，一生事业略存诗”，多少也就能够理解他了。

1981年，我第一次来冷湖的时候，见到复华周围很多这样的朋友。那时，他们才刚过三十岁，正青春勃发。那时，我对复华有一种不解，因为在和朋友分别的时候，他总会忍不住要落泪，我想早已经不是小孩子了，干吗要这样脆弱呢？见到艾剑青，我才明白了。因为看到艾剑青手里拿着那本破旧的《钢铁是怎样炼成的》时，我也忍不住要落泪。

1981年的夏天，那时候的冷湖，并没有让我觉得过于荒凉，大概就因为复华的身边有那么一大堆朋友吧。友情是一种奇异的燃料，可以点燃最琐碎枯燥的生活，以及最平淡无奇的生命，让它们焕发光彩，并有了温热。有一次，在冷湖大道上一个叫“南北小吃店”的饭馆里，和复华以及一帮北京学生聚会。酒酣耳热之际，要每个人讲一个最让自己感动的故事。记得那天轮到复华讲的时候，他拉起了坐在他旁边的刘延德，说让刘延德讲讲他的故事吧，他的故事最感人！刘延德讲了一个枣红马的故事。那是一个感人的故事，刘延德冤屈入狱，只有那匹枣红马和他相依为命，在他出狱的时候，掏出身上仅有的钱，买了五个馒头，给枣红马吃了。就是在那里，我认识了刘延德夫妇，后来写了《柴达木作证》。这篇文章被多次转载，很多人是从这篇文章中认识了我，它成了我和柴达木关系的铁证。我体会到复华和柴达木的感情，因为我的那一份感情，是首先由他传递给我的。

也就是在那前后，复华拿起了笔开始学习写作。他写出的东西，总要先寄给我，我的要求比较高，总是很不留情地提出很多意见，他不厌其烦地一遍遍修改。记得有一次他把稿子寄给我，因为稿子很长，他分别用了五个信封，才把稿子寄过来。那时，我正在中央戏剧学院读书，他的五封厚厚的信送到我的手里，正是课间休息的时候，全班同学看到了，都哈哈大笑，哪一个傻小子会寄五个信封来，就不会用一个大信封吗？写作是一门需要笨功夫的活儿，太聪明的人，其实不适于写作。复华属于那种愿意下笨功夫的人。他的作品就是在这样一遍遍修改磨砺中进步并成熟起来的。

很多年前，他从西安回北京探亲，那时他正在西北大学作家班读书，他带回一部稿子，是写北京学生在柴达木的。我看过后，对他说这是一部大书，你应该再沉淀一下，好好写，现在写得简单了，有些可惜。冷湖，是一个地球上原来根本没有的地名，是包括你们北京学生在内的一批批石油人到了那里，才有了这个地名，你应该写一部冷湖史！这部稿子，就在我家他的抽屉里放着，一放放了十多年。多年之后，他拿出书稿，重新书写，没有想到竟是他最后的两部书之中的一部，便是他最看重的《大漠之灵——北京学生在柴达木》。

他的另一部，即他最后的一部书，是《柴达木笔记》。这是他留下的两部关于柴达木厚重的书，也是继李季和李若冰书写柴达木之后的两部厚重的书。为柴达木，为他自己，值得了。从《冷湖的上空多了一颗星》，1980 年他的处女作开始，到《大漠之灵——北京学生在柴达木》和《柴达木笔记》为止，连缀起他这三十余年文学创作的轨迹。重读复华的这些作品，像看他短促人生的足迹，深深浅浅，却磁针一样始终顽强指向一个地方：青海柴达木。这恐怕是他最看重的也是他人生中最为浓墨重彩的一笔。我曾经说，复华的作品可以分为前后两部分，即在柴达木时写的和离开柴达木回到北京后写的。如果说他在青海时的文字充满身在青海时难以抑制的激情，那么，回到北京的文字则浸透着对那片土地和那里的人们的感怀至深的怀念与离别后忧郁难解的情怀。

在书中，复华曾经写过这样的话："每次回到柴达木油田，看到在一毛不长的戈壁大漠上那林立的石油井架，我都会情不自禁地把他们看成一片林立的常青树。因为我太爱它们了，我相信，那林立的井架中，有一座井架就是我。"如今，重读这样的文字，让我感动，让我想起他刚到柴达木时，穿着一身石油工人的工作服，戴着头盔，爬上采油五队高高的井架，照了一张照片寄给我的情景。那张照片，成为他一生命定的象征，他和柴达木的不解之缘，如同井架立于戈壁一样，成为风吹不倒的坚毅标志。"井架就是我！"看到这里，总会让我心动不已。井架，还有那矗立井架的瀚海戈壁，就是复华生命存在的背景，也是他写作依托的背景。"井架就是我！"青春就这样一闪而逝，生命就这样令人猝不及防。重读这句话，我的心百感交集。可以慰藉我们的，是他留下了这样能够灼热人心的文字。

在复华病重的时候，他一直咬牙，每天坚持写一段《柴达木笔记》，那时，他刚学会电脑打字不久，常常会将稿子发给我看。同时，他还写过这样一首诗，是他六十一岁生日那天写的一首诗。其中有这样两句："古稀未过心不休，神来之笔画白头。"我对他说"神来之笔画白头"这句写得好，写出我们年老了，依然乐观的态度，有想象力，"神来之笔"的"神"，既是命运，也是你的精神。他听我说完之后，沉默了一会儿，对我说"古稀未过心不休"这句写得好。我问他为什么，他有些伤感地解释说："因为可能再也回不去青海了，所以心不休。"

我一时说不出话来。我理解他对柴达木的感情，这一份感情，让他的文字凝重沉郁，有了来自心底深处的温度和力量，让他赢得了柴达木和柴达木那么多朋友对他的尊重。

最后一次住院之前，那是中秋刚过不久的秋天，那天，阳光很好，复华坐在医院花园里一张长椅上，指着来来往往的病人，对我说："很多病人都是走着进去，抬着出来的。"他说得很平静，我在一旁听了却忍不住要掉泪。他说过："我不会怠慢生命，贻误时间，做到不怠世，不怨世，不恋世，平静平常于每一天。"我知道，这是他的生死观。但真正面对死神在叩门的时候，他居然还能这样平静，真的让我惊讶。我在想如果换成我自己，我能这样吗？

焦急等候住院的那几天，我一直在复华的家里，陪他说说话，尽量找些轻松快乐的话题，想分散他的注意力。我们聊起了童年的一些往事，让他想起了很多，他本来就是一个爱怀旧的人。他的记忆力很好，说起父亲曾经挂在墙上的那幅郎世宁画的工笔画狗，在困难时期被父亲卖到了典当行；说起了我们家住过的北京前门外的粤东会馆大院里，我家原来是主人的厨房，刚搬进时，灶台还在，拆灶台的时候，发现了几根金灿灿的东西，父亲以为挖出来金条，其实那是黄铜，是主人家为了吉利特意埋在那里的。说完，我们都忍不住笑了。

我对他说："这事我怎么不知道？"他又说起另一件往事，那是我刚上初一的时候，他读小学三年级，有一天放学后，他突然跑回家对我说一起去花市电影院看电影，他说电影票都买好了，让我快点儿跟他走。我们俩跑出翟家口胡同，快到电影院的时候，我才想起来问电影是什么名字。他说是《白山》，我还跟他说只听说有《白痴》，没听说过《白山》呀！他马上说怎么没有呀？然后抬起脚，举手扇了我一个耳光，说完“就是这个白扇呀”，为他小孩子的这一恶作剧成功，扭头一溜烟地跑远。

第二天，我写了一首《和复华忆童年往事怀旧》的诗，抄好拿给他看：“秋阳暖照满屋明，同忆儿时几许情。灶下挖金铜且土，院中扑枣紫还青。谁读书老孔夫子，独挂墙寒郎世宁。最忆那年看电影，白山一记耳光清。”谁知道，这是他看到的我写给他的最后一首诗。

快乐的往事，阻挡不住死神快速的脚步。那一天半夜，我梦见一只老虎在我家的门前，我开门时，看见它浑身是伤，还连中三枪。我在眼泪中惊醒，再也睡不着。尽管我并不迷信，但这个梦还是一连几日让我惊魂不定。毕竟复华是属虎的呀。一周以后，复华在医院里离我而去。

我知道，他去了他最想去的地方——柴达木。

2014 年 8 月 27 日于印第安纳

北大荒那盏马灯

四十四年前，我在北大荒一个生产队的小学校里当老师。说是小学校，就是两间用拉禾辫盖起的草房，其格局和当地农民的住房完全一样，只不过把烧柴锅做饭的外间，作为老师的办公室。说起老师，除了校长，就我一个。我要教从四年级到六年级的语文、算术、美术和体育等所有的课程。而且，这几个年级所有的学生都在一个班，当地叫作复式班。拳打脚踢，都是我一个人招呼。

有一次，六年级算术课讲勾股定理，我带着学生到场院，阳光斜照下的粮囤，在地上有一个很长的阴影子，等到影子和粮囤大约呈45度夹角的时候，我让学生量量影子的长短，告诉他们影子的长度就是粮囤的高度。这种实物教学，让学生感到新奇。

那天放学后，教室里的学生都回家了，只留下一个小姑娘还坐在座位上，我走到她的身旁，问她有什么事情吗？她站了起来，说："肖老师，今天，我们在地上量影子的长短，就可以不用爬到囤顶上去量了。算术挺有意思，我想学算术。"我对她说："好呀，你好好学，上了中学，算术变成了数学，还有好多有意思的课。"她接着问我：

“如果我学好了算术，是不是以后可以当咱们队上的会计？”我说：“当然可以了！”然后，我又对她说：“你干吗非在咱们队上当会计呀，还可以到别处做很多有意思的工作呢！”

说完这些空洞的却使当时的我自己也感动的话之后，她满意地背上书包走了。我知道，她特意留在教室，就是为了问我这个问题的。一个大人看来简单的问题，对于一个六年级的孩子而言，却不简单，有时可能会影响她的一生。而一些看似美好的话，其实不过是一个漂亮的肥皂泡，漫长的人生中，不要说残酷的命运，就是琐碎的日子，也会粗粝地使孩提时的梦想灰飞烟灭。那时候，她年龄小，不会懂得，即便我年龄比她大多了，就懂得了吗？

四十四年过去了，我已经忘记了她的名字。只记得她是我们队上车老板的女儿，车老板是山东人，长得人高马大，她随她爸爸，长得也比同龄人高半头。在我教她的那一年里，我让她当算术课代表，她特别高兴，每天帮我收发作业本，她自己的作业写得非常整洁，算错的题都会在作业本上重新做一遍。我知道，她最大的梦想就是以后可以当我们队的会计，她对我说过，这样就可以不用像她爸爸那样整天风里来雨里去地赶马车了。她说她爸爸有时候赶车要赶到富锦县城（现为富锦市——编者注），来回有一百多里地，要是赶上刮“大烟泡儿”，真的非常辛苦。她说的是多么实在，在她纯真的眼光里，充满着多么大的向往。抽象的算术，已经变成了一个看得见摸得着的会计，一种每天催促她努力的动力。

一年过后，暑假快结束，就要开学的一天晚上，我坐在办公室里备课，房门被推开了，进来的是她，手里提着一盏马灯，马灯昏黄的灯光把她的身影拉得很长，映在草房的墙上。我不知道她有什么事情，她已经读完六年级，小学已经毕业，再开学就应该到我们农场的中学读书了。我还没来得及问，就见她哭了起来。然后，她对我说：“我爸爸不让我读中学了，肖老师，你能不能到我家去一趟，跟我爸爸说说，劝劝我爸爸让我去场部读中学！”

沿着队上那条土路，我跟着她向她家走去。她在前面带路，手里的马灯一晃一晃的，灯捻被风吹得像一颗不安的心不住摇摆。但那时候，她显得很高兴，心里安定了下来，仿佛只要我去她家，她爸爸一定就会同意她去场部中学读书。她实在是太天真了。一路走，看着前面马灯灯光下拉长的她的身影，像一条灵动的草蛇在夜色中游弋，我对去她家的结果充满担心。

果然，车老板给我倒了一杯用椴树蜜冲的蜂蜜水，然后果断拒绝了我替他女儿的求情。车老板只是指指在炕上滚的三个孩子，便不再说话。我刚进门时还对他说：“孩子想读中学，她想当一个会计……”我明白了，他现在不需要一个会计，只需要一个帮手，帮他拉扯起这个家。

离开车老板家，她提着马灯送我，我说不用了，她说路黑，坚持要送。我拗不过她，一路她不说话，一直到小学校。我正想安慰她几句，她忽然扑在我的怀里，嘤嘤地哭了起来。马灯还握在她的手里，在我的身后摇晃着。不知怎么搞的，在那一刻，风把马灯吹灭了。那一刻，让我真的有些心惊，她也止住了哭声，只对我说了句：“我当不了会计了！”

不知道该如何安慰她，我帮她把马灯拾起来，进房拿出火柴帮她把马灯重新点亮，看着她走远，影子一点点变小。马灯光在北大荒的黑夜里闪动着，一直到完全被夜色吞没。那一晚，北大荒沉重的夜色，一直压抑在我的心头。我知道，更会像一块石头一样，沉重地压抑在她的心头，而从此再也无法搬开。

十一年前，即2004年夏天，我重返北大荒，又回到我们的生产队，打听车老板和他的女儿，乡亲们告诉我，车老板一家早就搬走了，不知他们的消息。算一算，车老板的女儿如今应该四十多岁，她的孩子到了她当初读中学的年龄了。我教书的那个小学校居然还在，一间普通拉禾辫的草房，居然能够挺立那么长的时间，比人的寿命都长。那天晚上，我走到我的小学校房前，不再用马灯了，房里面电灯明亮。我的身影映在窗子上，分外明显。就听一声清脆的声音“肖老师来了！”从房里面传出，紧接着，从里面走出来一个小姑娘和她的父亲，小姑娘和当年车老板的女儿年纪差不多，让我一下子有一种恍然如梦的感觉。父亲告诉我他们是来收麦子的麦客，暂时住在这里。小姑娘对我说：“早听说你要来，我学过语文课本里你的文章！”然后，她又好奇地问我：“他们说以前这里是小学校，你就在这里当老师教书，是真的吗？”

那一刻，我忽然有些语塞，因为我有些走神。我想起了车老板的女儿，想起了北大荒夜色中那盏马灯。

2015 年 10 月 14 日于布鲁明顿

第三辑

此去繁华，风景里有家

林荫路

世上的路有许多。平坦的大道、花开的小路、鹅卵石铺就的曲径、霓虹灯闪烁的商街……都无法与林荫路相比。

林荫路，阳光被树叶滤就是绿色的；月光被树叶吹拂是摇曳的；风吹进来，夹有树木和泥土的清新；而且，还会有鸟鸣，啁啾的歌唱，和林子一起遮挡住人世的喧嚣和纷扰。

林荫路，是大自然为繁华却也嘈杂的城市专门创造的清洗带。

常想起林荫路。因为我们城市的高楼大厦和立交桥建得越来越豪华，却越来越忽略建设或有意无意破坏这样的林荫路。

林荫路，便越发让人向往。能在这样幽静而没有市声沸腾的林荫路上散步，已经是我们一个过于奢侈的梦。

达尔文晚年居住的汤恩家旁，有一条林荫路，两边长满茂密的印章树、桦树、黄杨和橡树，浓荫匝地，清新宜人。这条林荫路，被达尔文自己称为“散步道”，他每日都要走上好几个来回，背后跟着他那条叫波里的忠实的狗。这时的达尔文充满童趣，他要在林荫路上堆起一堆石子，每走一次踢走一块石子，一直到走累为止。如果孩子在时（达尔文有六男四女十个孩子），他会和孩子一起玩耍，解答孩子提出的问题，林荫路上飘散着欢快的笑声。如果是他独自一人，他通常要观察这里的鸟和其他小动物，小松鼠会毫不犹豫地跳到他的身上，急得树上的母松鼠吱吱乱叫。有时候，达尔文还能看见狐狸依在树下打盹，林荫路上弥漫着童话的色彩。

卢梭晚年虽然孤独凄清，巴黎郊外的林荫路却曾陪伴他八年的时间，他经常在林荫路上散步。罗曼·罗兰说他“像一只衰老的、悲鸣的夜莺在寂寥的林中发出低低的奏唱”。林荫路，给他安慰，让他缅怀，令他沉思绵绵、遐想悠悠。如果没有林荫路上的散步，他不会写下那部有名的《一个孤独的散步者的遐思》，他悲鸣的奏唱也变不成深邃的文字。

林荫路，给了卢梭人所不能给予他的欢乐，还在于他能够在林荫路上，或通过林荫路到附近的田野和树林采集到他晚年钟爱的标本。这样植物标本的采集，这样林荫路与生命的追随，一直到卢梭逝世为止。在上述那本书中，他曾这样写道：“1776 年 10 月 24 日星期四，午饭后，我沿着林荫路径直走到谢曼韦街……”他意外发现了极为罕见的开着黄花的毛莲菜、镰叶柴胡和开着白花的水生卷耳草，他竟独自一人“在那儿乐了好一阵子”。还是在这本书中，他写道：“我只有在忘掉自己时才更韵味无穷地进行默思和遐想，并感到那莫可名状的欣悦和陶醉，可以说，我融化到万物的体系之中，与整个大自然浑然一体了。”

达尔文的“散步道”，我没有去过，只能想象着它的幽深和静谧。巴黎的郊外，我是去过的，那宽阔而浓郁的林荫道，确实令人神往，不知哪一条是当年卢梭曾经漫步的林荫路？那一条条林荫路，一直通向芬芳的原野和遥远的地平线。真希望也能够踏上去，寻找回那种感情、沉思和遐想。想想，有些伤感，恐怕那只是一个早已逝去或遥不可及的梦了。

不过，再想想，也并不全是。只要有树，只要有路，它们婚配在一起，林荫路就不会消失，就不会总被达尔文或卢梭一人独享。

如今，还能够找到达尔文和卢梭当年散步的美妙的林荫路吗？还能够看得到小松鼠和红狐狸吗？还能够看得到毛莲菜和卷耳草吗？还能够找到那种弥漫的童话的色彩吗？还能够找到那种与大自然浑然一体的感觉吗？

那一年春天在青岛八大关，一条林荫路上樱花如雪盛开，林荫路上静得能听见花瓣落地的声音。一对披戴盛装的新郎新娘，正向林荫深处走去，突然，新郎一把抱起新娘，林荫路送他们一树树花影摇曳，路的尽头就是大海。还有什么地方比在这里举行婚礼更动人呢？这里的每棵树都是他们的伴郎和伴娘，这里的每朵花都为他们祝福祈愿。

那一年夏天，我到西班牙的巴塞罗那，在蒙椎克山上，我遇到一群唱歌的孩子，其中一个女孩子拉着手风琴，其他孩子尽情地唱，旁若无人，摇头摆尾，像一群快乐的小鸟。林荫路上，几乎没有什么人，静悄悄，绿茵浓得像一潭深深的湖水。这群孩子不为什么人而唱，也不是为找个安静的地方来排练。我不知道他们为什么非要跑到林荫路上来唱，但还有什么别的地方比这里更让人感动的呢？盘山道通向山顶，浓荫滴下回声，我虽然听不懂一句歌词，却被他们的歌声感动，悄悄地绕开他们走去，不忍心惊动他们。

如果说林荫路能够给予我们童话般的色彩，以及与大自然浑然一体的感觉，青岛和巴塞罗那的林荫路，恐怕就是这样的吧。这样漂亮的林荫路，如今还能够找得到吗？

1995 年国庆节前夕于北京

平安即福

有一首苏格兰的民歌，我们有人把它的名字翻译为《友谊地久天长》，也有人把它的名字翻译为《一路平安》。我是特别喜欢后一种翻译的，因为这样道出了人类对于自身普遍的一种企盼，就像是自己的喃喃自语，自己在为自己祝福。这是一首非常好听的歌，也是一首慢四步的舞曲，常常放在晚会的最后，让大家随着它的节拍悠扬地跳起舞来，在临分别的时候响起心底的祝福：一路平安。有时候想一想，人的一生是福是祸，是升官是发财，是拥有香车宝马是拥有娇妻美女，都没有什么了不起的，对比人生只有一次的生命来说，都是打不起分量的。因此，可以这样说，对于我们，还有什么比生命之中那一路平安的祝福更重要更让人踏实的呢？

三十多年前，我和弟弟分别离开北京，到北大荒和青海油田，名副其实是一个上山一个下乡。天苍苍，野茫茫，那是两个离北京那样遥远的地方。分手之际，伙伴们送给我们的祝福大多是“不辜负青春大好年华”“志存胸内跃红日，乐在天涯战恶风”之类。在那样的年代里，语言染上的色彩都是那样地醒目，膨胀着我们激荡的血液。那时父母都还健在，他们没有那样的气宇轩昂，只是在我们临走前简单地嘱咐道："注意身体，一路平安。"而院子里的张大爷在我和弟弟走之前显得更是不合时尚，他执意送我和弟弟的都是用海尚蓝布包着的一包土，说是到了外头容易水土不服，用水泡点儿土喝，就不会得病了。那时候，头脑冲动的我们，并没有把他们的这些话和这包土当回事，还觉得他们是头脑落后和迷信，没走到火车站就都被我们扔进了垃圾箱。

日子将浅薄的青春磨去了光鲜的颜色之后，现在才多少明白了，其实他们的意思是一样的——没灾没病即是福，平平安安即是福。这是经历了沧桑的老人对人生最质朴的要求，却是普通人最重要的企盼。

大约在三十三年前，我在北大荒的春天播种，是大豆的种子，拖拉机拉着播种机，播种机的边上有一个划印器，种子就以它在黑土地划出的印记为坐标，一粒粒地从播种机里撒进泥土里。那时，我不知轻重，以为一切如春天一样美好，可就是在那一年的春天，划印器的弹簧突然坏了，飞起的划印器的弹簧一下子毫不留情地打在我的右眼角上，立刻鲜血直流。我捂着眼睛被送到卫生室缝了四针，没有麻药，就那样跟缝被子似的生生地缝上了。那赤脚大夫说差一点儿就打瞎了你地眼睛了！我才第一次体会到离开北京时父母和张大爷的嘱咐是多么地重要，平安即是福呀！

大约在二十一年前，那时我正在中央戏剧学院读四年级的最后一个学期，学院要求做毕业实习，我毫不犹豫地选择去了青海。那是我第一次到青海油田去看望弟弟，那是我第一次见到高耸的井架。一片瀚海沙漠，矗立着孤零零的井架，高高地和蓝天流云对话，确实非常有气魄，也非常寂寥。有一次，我到井上参观，已经登上那井架的好几级台阶了，井队的队长跑了过来，急匆匆地爬上井架，将他的那顶黄色的安全帽递给了我，嘱咐的是一句"戴上，注意安全"。事后弟弟对我说，有一次井上出了事故，井架上掉下一块卡瓦，那时队长正在井架上面，直冲弟弟叫："快躲开！"那铁家伙还是冲他的头飞来，幸亏他戴着安全帽，卡瓦只砸坏了安全帽，没伤着脑袋。我才明白那顶看似普通的安全帽，对于人的生命的重要。没错，平安即福。

大约在十八年前，我第一次到徐州煤矿下井，那时我从来没有下过矿井，心里充满着对它的向往和敬畏。走到巷道之前，先领了一盏矿灯和一顶安全帽。坐上闷罐子下到地层深处，又坐了长长一段的有轨车，然后钻进黑乎乎的巷道里，呼吸到了煤的气息。我才感受到人在大自然之中是多么地渺小，因为觉得离开地面是那么地遥远，而且随时都会被包围在四周坍塌下来的煤层湮没，而矿工们每天都要面临这样的威胁。唯有那盏矿灯和那顶安全帽才给我们彼此以保护和安慰，才懂得在八百米深的地心里最重要的是什么——平安即福。

大约在十六年前，我第一次到九寨沟去，半路上下起大雨，车子被堵在蜿蜒的山道上，亲眼看见前后两辆运木材带挂斗的大卡车翻进了道边的金沙江里，一辆立刻被滔滔的江水卷走没有了影子，一辆挂在半山腰的大树上，冒雨的人们抛下粗粗的绳子救车里面的司机。我第一次感受到生命就是如此地危在旦夕，在瞬间就可以让一个大活人消失，别的任何东西失去了都可以重新找回来，唯独失去地生命是再也无法唤回来了。在莽撞如牛的滔滔江水面前，人的生命是如此地脆弱；在我们所不可预料的命运面前，平安对于我们是多么地重要。还有什么比我们心底的祈祷更神圣的呢？山顶上藏庙前被雨水淋湿的经幡在风中猎猎摇动的都是同样一句这样的祈祷：平安即福。

如今，我和弟弟早就都回到了北京。我带回了右眼旁永远不会消失的那块伤疤，弟弟带回了那顶救过他性命的安全帽。

如今，这个世界越来越不太平，意外的灾难如同影子一样总是紧紧地跟随着我们人类。美国"9·11"事件之后，人们对平安的企盼更是与日俱增。

如今，我们的孩子也长到和当年我们一般大的年纪，要去美国读研究生，也就要离开家了，和我们当年一样不管不顾，一副四海为家的样子。

如今，我们如当年父母和院子里的张大爷一样变得树老根多人老话多起来了，我们一再地嘱咐我们的孩子：没灾没病即是福，平平安安即是福。

在世世代代中沉淀的老话，是岁月的结晶。没错，平安即福，是我们人类最朴素也最重要的祈祷。

2003 年夏写于北京

年轻时去远方漂泊

寒假的时候，儿子从美国发来一封电子邮件，告诉我利用这个假期，他要开车从他所在的北方出发到南方去，并画出了一共要穿越十一个州的路线图。刚刚出发的第三天，他在得克萨斯州的首府奥斯汀打来电话，兴奋地对我说这里有写过《最后一片叶子》的作家欧·亨利的博物馆，而在昨天经过孟菲斯城时，他参谒了摇滚歌星猫王的故居。

我羡慕他，也支持他，年轻时就应该去远方去漂泊。漂泊，会让他见识到他没有见到过的东西，让他的人生半径像水一样蔓延得更宽更远。

我想起有一年初春的深夜，我独自一人在西柏林火车站等候换乘的火车，寂静的站台上只有寥落的几个候车的人，其中一个像是中国人，我走过去一问，果然是，他是来接人的。我们闲谈起来，知道了他是从天津大学毕业到这里学电子的留学生。他说了这样的一句话，虽然已经过去了十多年，我依然记忆犹新："我刚到柏林的时候，兜里只剩下了十美元。"就是怀揣着仅仅的十美元，他也敢于出来闯荡，我猜想得到他为此所付出的代价，异国他乡，举目无亲，餐风宿露，漂泊是他的命运，也成为他的性格。

我也想起我自己，比儿子还要小的年纪，驱车北上，跑到了北大荒。自然吃了不少的苦，北大荒的“大烟泡儿”一刮，就先给我了一个下马威，天寒地冻，路远心迷，仿佛已经到了天外，漂泊的心如同断线的风筝，不知会飘落在哪里。但是，它让我见识到了那么多的痛苦与残酷的同时，也让我触摸到了那么多美好的乡情与故人，而这一切不仅谱就了我当初青春的谱线，也成为我今天难忘的回忆。

没错，年轻时心不安分，不知天高地厚，想入非非，把远方想象得那样好，才敢于外出漂泊。而漂泊不是旅游，肯定是要付出代价的，品尝人生的一些滋味，也绝不是如同冬天坐在暖烘烘的星巴克里啜饮咖啡。但是，也只有年轻时才有可能去漂泊。漂泊，需要勇气，也需要年轻的身体和想象力，便收获了只有在年轻时才能够拥有的收获，以及以后你年老时的回忆。人的一生，如果真的有什么事情叫作无愧无悔的话，在我看来，就是你的童年有游戏的欢乐，你的青春有漂泊的经历，你的老年有难忘的回忆。

一辈子总是待在舒适的温室里，再是宝鼎香浮，锦衣玉食，也会弱不禁风，消化不良的；一辈子总是离不开家的一步之遥，再是严父慈母、娇妻美妾，也会目光短浅，膝软面薄的。青春时节，更不应该让自己的心锚一样过早地沉入窄小而琐碎的泥沼里，沉船一样跌倒在温柔之乡，在网络的虚拟中和在甜蜜蜜的小巢中，酿造自己龙须面一样细腻而细长的日子，消耗着自己的生命，让自己未老先衰变成了一只蜗牛，只能够在雨后的瞬间从沉重的躯壳里探出头来，望一眼灰蒙蒙的天空，便以为天空只是那样地大，那样地脏兮兮。

青春，就应该像是春天里的蒲公英，即使力气单薄、个头又小，还没有能力长出飞天的翅膀，借着风力也要吹向远方；哪怕是飘落在你所不知道的地方，也要去闯一闯未开垦的处女地。这样，你才会知道世界不再只是一扇好看的玻璃房，你才会看见眼前不再只是一堵堵心的墙。你也才能够品味出，日子不再只是白日里没完没了的堵车、夜晚时没完没了的电视剧和家里不断升级的鸡吵鹅叫、单位里波澜不惊的明争暗斗。

意大利人尽皆知的探险家马可·波罗，十七岁就曾经随其父亲和叔叔远行到小亚细亚，二十一岁独自一人漂泊整个中国。英国著名的航海家库克船长，二十一岁在北海的航程中第一次实现了他野心勃勃的漂泊梦。奥地利的音乐家舒伯特，二十岁那年离开家乡，开始了他维也纳的贫寒的艺术漂泊。我国的徐霞客，二十二岁开始了他历尽艰险的漂泊，行万里路，读万卷书……当然，我还可以举出如今被称为“北漂一族”——那些生活在北京农村简陋住所的人们，也都是在年轻的时候开始了他们的最初的漂泊。年轻，就是漂泊的资本，是漂泊的通行证，是漂泊的护身符。而漂泊，则是年轻的梦的张扬，是年轻的心的开放，是年轻的处女作的书写。那么，哪怕那漂泊是如同舒伯特的《冬之旅》一样，茫茫一片，天地悠悠，前无来路，后无归途，铺就着未曾料到的艰辛与磨难，也是值得去尝试一下的。

我想起泰戈尔在《新月集》里写过的诗句：“只要他肯把他的船借给我，我就给它安装一百只桨，扬起五个或六个或七个布帆来。我决不把它驾驶到愚蠢的市场上去……我将带我的朋友阿细和我做伴。我们要快快乐乐地航行于仙人世界里的七个大海和十三条河道。我将在绝早的晨光里张帆航行。中午，你正在池塘洗澡的时候，我们将在一个陌生的国王的国土上了。”那么，就把自己放逐一次吧，就借来别人的船张帆出发吧，就别到愚蠢的市场去，而先去漂泊远航吧。只有年轻时去远方漂泊，才会拥有这样充满泰戈尔童话般的经历和收益，那不仅是他书写在心灵中的诗句，也是你镌刻在生命里的年轮。

2004 年初于北京

生命平衡的力量

不知道你相信不相信，无论什么样的生命，在短促或漫长的人生中都需要平衡，并且都会在最终得到平衡的。漂亮的白雪公主自然有其漂亮面庞的如意，却也有后母的嫉妒、派人追杀，以及毒梳子和毒苹果的危险等不如意；不漂亮的灰姑娘自然有其悲惨的种种不幸，却也有其终成正果的美好回报。眼睛瞎了，意大利的安德烈·切波里却成为著名的盲人歌唱家；腿残疾了，爱尔兰的克里斯蒂·布朗却用唯一能够活动的左脚敲打键盘，成为著名的作家。个子高的，如姚明，自然成就了他的事业，他可以到美国的 NBA 去打篮球，风光无限；个子矮的，就一定不如个子高的吗？如拿破仑，按现在的标准大概得是“二级残废”了，却不妨碍他成为盖世的英雄。

这就像《红楼梦》里所说的：大有大的难处，小有小的好处。这也就像《伊索寓言》里所讲的：高高的长颈鹿可以吃得着高高树枝头上的叶子，却没办法走进院子的矮小的门；矮矮的山羊吃不着高高树枝头上的叶子，却轻而易举地走进了矮小的门。

懂得了生命中的这一点意义，不仅是让我们不必为我们自身的长处而骄傲，不必为我们自身的短处而悲观，也不仅是让我们知道拥有得再多，总会有失去的时候，失去的再多，总会得到补偿的机会，更重要的是，让我们充分去体味到生命其实是一条流淌的河。“乱石穿空，惊涛拍岸，卷起千堆雪”，是生命中的一种情景；“潮平两岸阔，风正一帆悬”，也是生命的一种情景。一条河在流淌的过程中，不可能总是前一种风景，也不可能总是后一种风景，它要在总体流量的平衡中才会向前流淌，一直流入大江大海。因此，我们不必去顾此失彼，我们不必去刻意追求某一点，从而在这样生命的平衡中，让我们的心态更加从容，让我们的生活更加平和，让我们的人生更加是一幅舒展的画卷。

今年我去土耳其，遇见当今被称为土耳其首富的萨班哲先生。说萨班哲先生是土耳其的首富，并不虚传，并不夸张，在大街上所有跑的丰田汽车，都是他家生产的，凡是有蓝底白字 SA 字母牌子的地方，都是他家的产业，凡是有蓝底白字 SA 字母商标的东西，都是他家的产品。在土耳其，SA 的标志，俯拾皆是；萨班哲的名字，家喻户晓。

如此富有的人，却也有命运不济的地方，他的两个孩子，一个儿子、一个女儿，都有残疾、智障。命运，就是和他这样开着残酷的玩笑。他却以为这其实就是生命给予他的一种平衡，而不去怨天尤人。他的想法，和我们古人的想法很有些相似之处：人有悲欢离合，月有阴晴圆缺，此事古难全。想到生命这样的一点平衡的意义，他的心也就自然平衡了。命运在一方面给予他别人无法企及的财富，在另一方面便给予他对比如此触目惊心的惩罚。他想开了，惩罚也可以变成回报，两者之间沟通的桥需要的就是生命的平衡力量。他便将他那么富裕的钱，不是仅仅为了留给他的两个孩子，而是在伊斯坦布尔修建了一座残疾人的公园，公园里所有的器械都是为残疾人专门设计的，就连游乐场上的摇椅，都有供残疾人不用离开轮椅而自动坐上坐下的自动装置。他希望以自己能够做到的事情来平衡更多残疾人不如意的生活，从而使自己不如意的生活达到新的平衡。

萨班哲先生已经七十有余，如此富有，却非常“抠门儿”。传说他一生以来一直到现在，依然是一天只抽一支雪茄，上午和下午各半支；依然是一天只喝一小杯威士忌，是在一天工作完太阳下山之后坐下来喝。但到了该花钱的时候，他却一掷千金，如伊斯坦布尔的这座残疾人公园。他在富有和贫穷、健全与残疾、得到与失去中寻找到了自己的平衡。

那天，我们去参观以他的名字命名的萨班哲博物馆。博物馆就建在博斯普鲁斯海峡的岸边，进可以观各种名画和《古兰经》，外可以看海水蔚蓝海鸥翩翩和博斯普鲁斯大桥的巍峨壮观，真是非常地漂亮。这里原来是他的私人住宅，他捐献出来改建成了这座博物馆。在这座博物馆里，最有趣的是一间陈列室里，挂满的全部都是萨班哲先生的漫画。是萨班哲先生请来土耳其的漫画家们，让他们怎么丑怎么画，越丑越好，画成了这样满满一屋子的漫画。有时候，他到这里来看一屋子包围着他的、画着他的那一幅幅丑态百出的漫画，他很开心，他在这里找到了在外面被人或鲜花或镜头所簇拥着、恭维着所没有的平衡，他在这里找到了在两个残疾、智障孩子给予他的痛苦中所没有的欢乐。萨班哲先生真是洞悉了世事沧桑，彻悟到了人生三味。他实在是一个智慧的老头儿，懂得平衡的艺术真谛。

我们能够拥有他这样洒脱而潇洒的心态吗？我们能够拥有他这样宠辱不惊的自我平衡的力量吗？如果我们也一样拥有，我们的人生就会和萨班哲先生一样过得充实而愉快，而不会因一时的得意而忘乎所以，因一时的失意而绝望到底，我们便和萨班哲先生一样在世事的跌宕中历练自己，在生命的平衡中体味到人生的意义。

人的一生，从来不可能只有不是天堂就是地狱非此即彼的选择，而总是在这两者之间有一种平衡力量的显示。这样，我们的生命处于一种能量守恒状态中，对生活中所呈现的极端才不会或得意忘形或惊慌失措，比如：有时候我们会处于睡眠状态，有时候我们会处于亢奋状态；有时候我们会如孔雀开屏四面叫好，有时候我们会如老鼠钻木箱两头挨堵；有时候我们需要抹龙胆紫，有时候我们需要搽变色口红；有时候我们需要开塞露，有时候我们又需要润肤霜……生命就是在这样的阴阳契合、内外互补、得失兼备和相辅相成中达到平衡。寻找这样的平衡，便会寻找到生活的艺术，寻找到生命和人生的意义。生命平衡的力量，其实就是我们平常生活的定力，是我们琐碎人生的定海神针。

2004 年 5 月 17 日于北京

海盐一夜

早听说过海盐。听说海盐是民国宿将张元济的故乡，是漫画家张乐平的故乡，是作家余华的故乡。到海盐，只住一夜，晚饭吃的时间很长，吃过后已经很晚了，还是想出来走走。要不，海盐一夜，只成了遗憾的宾馆一夜了。

走出宾馆，四周陌生，两眼一抹黑，望望左面，一条路很幽静，街灯如霜，洒下一地清辉，还有桂花飘香，荡漾在小街深处，感觉不错，便沿着这条路走去。一路无人，两旁的楼房越来越密，和任何一座城市中的居民楼相比，大同小异，窗子里闪烁着更是一样相似的万家灯火，觉得没有什么新奇的，就沿着原路折了回来。回路上，遇到一对中年男女迎面走来，女的要比男的高出足足一头，挽着男的手臂，很亲密的样子，步履轻盈，像是踩着小夜曲的节拍。我想起好多年前冯骥才写过的那篇小说《高个子的女人和她矮个子的丈夫》，活脱脱是那篇小说中一幅插图，只是不知眼前挽着的是不是丈夫。

又走回到了宾馆，过马路往右不远是大海，不过，这里的海没有三亚或青岛的海漂亮，只是一片浑黄，便没有去。正前方灯火辉煌，似乎店铺尚未打烊，便向前走去。走了大约五百米，见到一座公园，名为三毛公园，弹簧铁门已经关闭，公园里一片幽暗，树的影子像墨汁洇染着浓浓的大写意。中央一个不大的广场里，立着一个塑像，趴在门前仔细地瞅，隐隐地看见，是张乐平老爷爷手牵着三毛，老的可爱，小的天真。可惜，进不了门，只能想象着自己的童年看漫画《三毛流浪记》时带来的欢乐，遥远的感觉在晚风中飘散。

离开三毛公园门口，一墙之隔，看见有一座清式园林建筑，里面灯光闪烁，以为是三毛公园的另一个入口，便走了进去，小桥流水，亭台楼阁，更像公园。走近一看，才知道是图书馆，心里一喜，以为是海盐有名的元济图书馆，以张元济先生命名，是海盐的骄傲。一打听，不是，元济图书馆在另外一个地方，心里多少有点遗憾。想起来海盐之前，刚刚读了智效民先生写的一本书中介绍的张元济逸事，因为知道张先生是海盐人，便格外注意看，说的是张先生在新中国成立后参加政协会时委托会议的招待处打过一份电报，和毛泽东同游天坛时合影后收到过一张照片，他都要坚持自己付钱。都是区区小事，那种清廉与清白却让人感动而觉得犹如天宝往事一样遥远。

图书馆大厅里正开夜市卖书，所有的书都打折。转了一圈，没什么书好买，只花了三元钱买了一本黄裳先生的《旧戏新谈》，五折，1994年开明出版社出版。

走出图书馆，真巧了，又碰见了那一对高个子女的和矮个子男的，还是挽着手臂，很亲密的样子，散步散到这里来了，不知他们还要散到哪里去。夜未央，风却有些料峭了。

2004年11月26日于北京

好味止园葵

偶尔曾经这样一想，人生最须臾离不开的就是吃了，国内国外大小餐馆，吃的委实不少了，但是，最难忘的，却不在那里，而全在毫不知名的乡村野店。即使过去的日子那么久了，吃的味道，还有那里陈设的一切，都还是那样地清晰如昨。真的是怪了。

三十六年前的秋天，之所以记得如此清楚，因为那是我插队北大荒后第一次离开那个小村子，来到了富锦县城。那时，村里没有什么吃的，尤其到了冬天，除了老三样，即冻白菜、冻土豆、冻胡萝卜之外，只有煮上一锅冻豆腐汤，用淀粉拢芡浇上点儿酱油香油，我们称之为“塑料汤”。吃了整整两冬这些东西，胃都吃倒了。来到县城，第一顿晚饭，在一家小馆里吃的，吃的是肉片炒芹菜。不知人家地窖里是怎么保存的，芹菜虽然很细，却很新鲜，炒出来一盘，湛青汪绿，好像刚刚从地头摘下来一样。我再也没有吃过那么好吃的芹菜，一直到现在，只要一想起来，一种脆生生香喷喷略微苦丝丝的芹菜味道，还在嘴里缭绕，令我口舌生津。

大约十年前，从延安下来，车子开了一个来钟点，停在一个村头，进了一家小馆。这是朋友特意带我来的地方，肚子早咕咕叫了，朋友说好饭别怕晚，让我坚持。因为早过了午饭的点儿，小馆里空荡荡的，不仅没有一个客人，连店主人都不在了。忙招呼人把店家请了来，来了个陕北汉子，既是老板，又是厨子，说菜是现成的，不过只有一道——手抓羊肉。不一会儿工夫，一小锅热腾腾的手抓羊肉就上来了。手抓羊肉，吃的次数多了，没有吃过这样鲜这样香的。我问老板汤里都搁什么佐料了，这么香？他告诉我，除了葱、姜和盐，什么都没放（连油都没放），只是这羊是今儿早晨天没亮时宰的，小火炖了整整一个上午。一天就卖这么一只羊，都是从延安下来的游人来吃，宁可饿着肚子跑老远，也到这里吃。就这么简单，就这么好吃，不管是西安，还是北京，再大的餐馆，没脾气。

前两年，又去延安，想那手抓羊肉，如法炮制，下了延安，车子开了大约一个钟点，到了一个村口，却怎么也找不到那家小馆了。也许，这次没有朋友带领，忘记了村名，我认错了地方。但我总觉得，它只是逗了一下我的馋虫，就像童话里小屋灵光一闪消失了。

前不久，去峨眉，一路蒙蒙细雨下山，车子也是开了一个来钟点，停在山坡旁一家小馆前。这回吃的全部都是山野菜，其中一道竹笋炒猪肉，真的叫绝，满座称好。已是初秋时节，居然还有如此新鲜的竹笋，淡淡鹅黄的颜色，娇柔可爱，而且细嫩犹如春芽，入口即化的感觉，颇似水墨画中的水彩一点点地洇进宣纸，慢慢地让你回味。里面的猪肉，也全然不是在超市里买到的那种滋味，虽然肉片切的薄厚不[illegible]，但味道鲜美，无法形容其如何鲜美好吃，在座的一位说了这样一句：这才是真正猪肉的味道。这话虽然有些词不达意，却是最好的褒奖了。于是，风卷残云之后，在一片叫好声中，叫店家又上了一盘。

如今，许多东西原本真正的味道，都已经离我们远去，机械化批量饲养的猪或鸡，在屠宰场和超市里整齐划一，包装鲜艳，在餐桌上却在嘲笑着我们的味蕾和胃口。

想想前者在北大荒那难忘的芹菜，是物质极度贫匮的年月里一种向往而已，而后两者则是物质发达之后我们远离大自然崇尚现代化而必然的一种失落。陶渊明有句诗：“好味止园葵”。如今，我们却远于园葵，好味便自然也就远离我们了。人类虽为万物之灵长，却也如狗熊掰棒子，不可能把棒子都抱在自己的怀里，总会得到一些什么，也要失去一些什么，这是能量守恒。

这一次，我记住了那个地方，叫零公里。这是一个奇怪的却也好记的地名，下次去峨眉，好再尝尝竹笋炒猪肉片。

2006 年 11 月 6 日于北京

谒荆轲墓

到河北易县，看完清西陵，临走的时候，天下着蒙蒙细雨，如果不是霍先生的坚持，也许就和荆轲墓失之交臂。霍先生一再对我说，你一定要看看荆轲墓，那里比清西陵还要值得一看。

也是，易县还保留着古名古风，全因有一条易水河绵绵流过了几千年，而易水河，则是因荆轲那一首千古绝唱“风萧萧兮易水寒，壮士一去兮不复还”，声名大震。如果说中国的河流大小成千上万条，不计其数，其中易水则是一条壮士的河，令人铭记难忘，胜过许多大河。

很近，出县城东南几公里就到了。这里是燕国故都，燕下都的古城墙至今还保留一段，离这里不远。环山竟翠，荆轲墓在一座小山包上，山虽不高，地势却高，俯视四周山岭和平原，有点一览众山小的意思。易水也在墓的正前方，如练一样闪闪烁烁，蜿蜒流淌。不知两千多年前，荆轲和太子丹一列人马，饮酒之后脱冠尽孝，一身素白的衣服，仰天长啸，击筑高歌告别的地方，是不是就在这座山包上？那时候的易水是否也如现在一般清冽，秋风之中萧萧瑟瑟？

“心知去不归，且有后世名。”那时候的人，真的是有血性，激情湍飞。如今，山脚下的村子就叫荆轲村，只是不知道是否还保留着如此慷慨悲歌之情？

荆轲墓已经不像清西陵那样，没有那个象形的坟包了。也许，整座山包就是墓吧？山顶最为醒目的是一座辽代的塔，大概就是墓地最隆重的象征了吧？在塔的正北方，沿着草木丛生的蜿蜒小径往山下走几步，可以看见一座残破的龟背驮着的石碑，上书“古义士荆轲墓”几个大字。如果用石子轻轻敲打龟背，可以听到塔中响起类似青蛙的叫声，塔顶四周的风铃便也随之荡起清澈的回声，方圆几十里都能够听得见。也许就是陶渊明在咏荆轲诗中“其人虽已殁，千载有余情”的悠悠意境吧？可惜，风铃前几年已经被人悉数盗走，当成古董卖钱花了。

好在塔还在，塔旁康熙、乾隆年间的碑，都还在。虽然四周有些破败，却还保留着往昔的风貌。除了上山路的台阶、山下一尊还没有完工的荆轲雕像是新的外，一切都是旧的，历史留下的沧桑和苍凉，都还依稀存在，古朴依依，迎风怀想，让人心存凭吊之情。山的四围是当地人所称的火树，是一种如枫树一样深秋时节叶子经霜染红的树木。再过些天，火红一片，整座山如同一个燃烧的火炬，荆轲墓便像腾空跃在最上方的那一簇火焰。

忽然想起前一阵子闹腾的唐代著名诗人刘禹锡的陋室被豪华包装的消息，不仅改造诗人的陋室，还要拔出萝卜带出泥，在陋室周围打造出一个名为陋室园的园林，新建一批诸如鸿儒阁、金经台、草色亭、山水楼台等一批人造景观。心里暗想，亏了荆轲墓没走这样的路子。如果将荆轲墓四周也开辟为公园，新建一些亭台楼阁，比如什么“壮士阁”“太子亭”和当年燕昭王修筑的“黄金台”呀之类，最好再引易水环绕公园，在水中有荆轲头像为船头的游船画舫；再搞一个类似北京香山公园的红叶节，引众人前来热热闹闹地观赏火树；然后在荆轲村搞一个民俗节，户户特设农家饭，开发出来荆轲爱吃的菜品和壮士酒，以及当年高渐离的筑之类的乐器和舞蹈……那还会给予我们如今这样的沧桑和苍凉感吗？

2008 年 11 月于北京

风景只在想象中

多年来一直想去绍兴，一直没有去成。绍兴，只在想象中。

想去绍兴，主要想看百草园、三味书屋和沈园。前者和鲁迅连在一起，后者和陆游连在一起。可以说，一个是文学的象征，一个则是爱情的象征。一个矮个子的鲁迅，是一座翻越不过去的文学大山。一曲柔肠寸断《钗头凤》，唱碎了几代人对爱情的无奈和惆怅。

真的来到了绍兴，细雨刚刚湿润了绍兴的街头整齐划一的柳梢，还有小河上荡漾的油漆簇新的乌篷船。先见到的半新不旧的楼房，围在城的四周，和想象中的绍兴拉开了距离。总以为那该是鲁迅笔下的绍兴，是陆游诗中的绍兴，有几分乡土风情和萧瑟的诗意，却未料到那风情和诗意只在纪念馆里。

去百草园和三味书屋的路上，到处是鳞次栉比的小店，卖着孔乙己牌的茴香豆，就连华老栓也被当成了店名，高悬在店堂的匾额上面，不会是卖人血馒头吧？咸亨酒店依稀能见到当年鲁迅时代的一丝影子，店前的孔乙己塑像比孔乙己本人要辉煌得多了，不少人和他合影留念而忘记了他曾经的屈辱。

三味书屋比想象的要小得多，门前的小河让人联想许多，如今门前有条小河的学校已经难找了。有那样好的老师，还有这样好的小河，从这条小河坐船可以到东湖到兰亭到会稽山……鲁迅小时候读书真是让人羡慕。如今三味书屋前的小河有漂亮的乌篷船，戴旧毡帽的老汉在和你讨价还价，载你畅游绍兴。

百草园的皂荚树还在，石井还在，菜畦还在，那段长满奇异花草、跳跃美丽昆虫的矮墙还在，只是并不是短短的，而是很长，上面长满细细的小草，不知是不是以前那段泥墙根子？

皂荚树也不那么高大，这么多年了它一直没有长？紫红的桑葚没有见到，何首乌、木莲和覆盆子更没有找到。也许是太匆忙，也许是人太多，更是我们都不是孩子了，难得那种童趣了。许多同行的人都在说现在新卖的别墅赠送的花园也没有这么大。

想象中的沈园，红酥手，黄縢酒，满城春色宫墙柳，总是都带着几分凄婉。伤心桥下春波依然绿，只是翩翩惊鸿无法照影再来。沈园最值得一看的是最外面的石牌坊，高高地写着“沈氏园”三个绿色大字，足以想象里面所演绎的一切悲欢离合。真的到里面一看，多少有些扫兴，最扫兴的是最里面的墙上刻写的陆游和唐琬各自所写的《钗头凤》词，现代人写，现代人刻，沦落风尘中一般，演绎着电视剧的味道，哪有想象中的气派和韵味。

其实，到一个陌生的地方，让从来没有见过的它们闯入你的视野，与其说是给你客观的感受，不如说是一种更为主观的心理和情绪上的东西罢了。因为你要将它们和你想象中的它们做对比，要将你多年来积蓄的想象和瞬间见到的现实做一番无可奈何的碰撞。

所以，有些一直在你心中存有美好想象的地方，最好不要轻易去。风景只在想象中。

2009 年 2 月 10 日于北京

史可法的扬州

扬州，一直是我向往的地方。四十多年前，我读中学，看到了诗人闻捷写的一首题为《史可法衣冠冢》的短诗，很为诗和诗中所讴歌的史可法感佩，对扬州充满想象。后来，读到清经史学家全祖望那篇著名的《梅花岭记》，看到他记述的史可法壮烈殉国的场面：大兵如林而至之际，忠烈乃瞠目曰："我史阁部也！"劝之降，忠烈大骂而死。死前，他留下遗言："我死当葬梅花岭下。"少年的心，被一腔壮怀激烈所燃烧，对扬州更是无比向往。扬州，在我的心里，是史可法的扬州，是一地梅花怒放的扬州。

真的来到扬州，已经是十多年之后，20 世纪 70 年代末。那时，我正在北京的中央戏剧学院上学，写了一篇文章，投稿给南京的《雨花》杂志，当时的主编顾尔镡先生打电报要我去南京改稿。暑假里，我到南京改完稿，心想离扬州很近，便乘长途汽车专程来到了扬州，直奔城北，出天宁门，拜谒史可法墓。那时的扬州，没有如今那样多的高楼大厦，史可法墓前的护城河那样地清澈，河边的杨柳在夏日里浓荫四射，为史可法祠堂遮挡着骄阳的炙烤，祠堂前的小路，水洗过一样干净而幽静，悠长得犹如一个充满感情的叹号。

和我想象中的扬州一样吗？和我想象中的史可法墓一样吗？我无法断定，祠堂里空无一人，只有我一个人在徜徉，冥冥中总感到祠堂深处，梅花岭下，或许有史可法的幽灵，灵光一闪，和我相会。一个你曾经从心底里敬重并向往的人，总会在某一个契机或某一个场所，和你相会的，所谓神交，就是这样的一种心灵深处的震颤吧？那一刻，我的眼泪竟然流了出来，幸亏祠堂里没有一个人。

只可惜，我来的季节不对，梅花岭没有一朵梅花。

第二次来到扬州，是二十年过后，20 世纪 90 年代末了。那是一次会议结束之后游览瘦西湖和个园，在参观个园的时候，我独自一个人悄悄地溜了出来。记忆中史可法墓应该离个园不远，果然，往北一走，很快就到了护城河边，依然是杨柳依依，依然是小路幽幽。更奇特的是，祠堂里，梅花岭下，依然只有我一个人。这样更好，可以独自一人和忠烈喁喁独语，与君一别，烟波千里，来如春梦，去似朝云，正可以彼此检点一下岁月留在心上的落花浮尘。和瘦西湖的游人若织相比，这里的空旷和幽静，也许正适合史可法。如果说瘦西湖像是一个漂亮女人一头飘逸的长发，这里恰如一个男人一双坚毅的眼睛，它应该就是这样无言自威，沉静如山。它将自己眼神深邃的一瞥，留给那些想和他注视的人们。

还是没有看到梅花岭的梅花，不过，没关系，好的风景，杰出的人物，遥远的历史，永远都在想象之中。

2009 年的 3 月初春，我第三次来到了扬州。我当然还要看史可法墓。人生如梦，流年似水，让我遗忘的人和事已经很多，但怎么可以忘记史可法呢？人生如寄，漂泊羁旅，到过的地方很多，真正能够让你难以忘怀并还想旧地重游的，并不很多。一提起扬州，便让我想起史可法，便让我有一种心头一颤的想念，充满自以为是的牵挂，仿佛扬州真的和我沾亲带故。

真的是和史可法和扬州有缘，来扬州前不久，还曾经在国家大剧院看过昆曲《桃花扇》，那里面有史可法率兵于梅花岭下“誓师”一段——史阁部言道：“众位请起，听俺号令：你们三千人马，一千迎敌。一千内守，一千外巡。上阵不利，守城；守城不利，巷战；巷战不利，短接；短接不利，自尽。”简洁有力的台词，视死如归的气概，演员演得热血沸腾，观众看得荡气回肠。面对清兵的入侵，史可法表现出的民族气节，让今人叹为观止，甚至汗颜。是他让扬州这座城市充满血性，荡漾着历史流淌至今响有回声的波纹涟漪。

我一直以为，扬州区别于一般的南方城市，区别于那种小桥流水、私家园林的婀娜多姿。由于地理的关系，它地处江苏的北大门，照史可法说是“江南北门的锁钥”。所以，扬州不仅具有江南一般小城女性的妩媚，同时具有江南一般小城没有的男性的雄伟。无疑，史可法为扬州注入了这样雄性的激素，壮烈的舍生取义，惨烈的扬州十日，让这座城市势趋粉黛，气吞吴越，拒绝后庭花和脂粉气，让扬州不仅有精致的扬州炒饭、扬州灌汤包子和扬州八怪，还有了可触可摸的历史惊心动魄的那种律动的感觉，有了能够遥想当年铁马秋风可以把栏杆拍遍的想象的空间，有了可以反复吟唱的英雄诗篇的清澈韵脚。

没错，是史可法让扬州不仅是一幅画，而且是一首诗。

这次来因有朋友的陪伴和解说，看得更明白一些。飨堂前的一副清人的抱柱联：“数点梅花亡国泪，二分明月故臣心”。明月梅花的比兴与对仗，古风盈袖，很是沉郁。梅花仙馆外另一副今人的抱柱联：“万年青史可法，三分明月长存”。嵌入史可法的名字，互为镜像，做今古的借鉴，令人遐思。飨堂里梅花照阁前有史可法的塑像，上悬有何应钦将军题写“气壮山河”的匾额；飨堂后是史可法墓，墓前有石碑和牌坊，墓顶有草覆盖，被人们称为“忠臣草”，据说应该是四季常青，不知为什么现在却是有些草色枯黄。

飨堂西侧有晴雪轩，轩前有扬州年龄最老的梅树，里面有史可法珍贵的遗墨，老梅古砚，花影墨迹，两相辉映，最值得一观。史可法是一官员，他的书法却是真正的书法，草书、行书都有，气遏行云，韵击流水，特别是书写的内容，古韵猎猎，心事茫茫，一点浩然气，千里快哉风，高贵和如今一些官员半吊子的书法不可同日而语。“涧雪压多松偃蹇，崖泉滴久石玲珑。”“琴书游戏六千里，诗酒轻狂四十年。”“斗酒纵观廿一史，炉香静对十三经。”“忠孝立身真富贵，文章行世大神仙。”“自学古贤修静气，唯应野鹤供高情。”“千里遇师从枕喜，一生报国托文章。”……一副副对联，确实不凡，笔下风雨，心底湖海，一起兜在堂前，扑面生风。特别是他写给多尔衮的《复摄政王书》，深表春秋大义，社稷之情，一气呵成，秋高气爽，酣畅淋漓，会让人想起文天祥的那首《正气歌》。

他的遗书更是让我心动。他的第三封遗书，仅仅三句：“可法死矣！前与夫人有定约，当于泉下相候也！四月十九日，可法手书。”可以说是史可法四十四岁短促一生中最精彩的绝句。如此慷慨赴义，墨迹点点，也是血迹斑斑，几百年色泽如润，依然鲜活如昨。六天后，史可法殉国。次年清明前一日，他的副将，也是他的义子史德威，在他誓师和血战的梅花岭下，为他立碑立墓。但是，那只是史可法的衣冠冢，因为战后史德威找史可法的尸体时，已经找不到了。《明史》里记载：“可法死，觅其遗骸。天暑，众尸蒸变，不可辨识。”

走出晴雪轩，来到梅花岭下，春梅未开，冬梅正残，断红点点，飘落枝头，有一种哀婉的气氛，袭上心头。想起全祖望的《梅花岭记》中写道：“百年而后，予登岭上，与客述忠烈遗言，无不泪下如雨。”那是全祖望于1746年写的，而今，两百六十多年过去了，谁还会登临会意而泪如雨下呢？也许，不是无端的猜想，在报纸上曾看到一则短文，说扬州一三轮车车夫拉一外地客人去史可法墓，拉到门前，指指祠堂，对客人说："这人是被国民党杀死的！"

朋友为打消我心头的郁结，安慰我说："祠堂东侧桂花厅前，有紫藤和木香各一架，过些日子就会次第开花，一紫一黄，分外好看。到了秋天，祠堂大门前那两株古银杏树金黄色的落叶，会落满一地，落满祠堂的瓦顶，更是壮观。祠堂一年四季花开不断，都在怀念先烈的！"朋友的话是不错的，大多数扬州人怎么会忘了史可法呢？石不可言，花能解语，如果说梅花是史可法的灵魂，满祠堂后种植的紫藤、木香、银杏、桂花、芍药、葱兰、书带草等，都是扬州人的怀念和心情。在扬州，史可法配有这样花开花落不间断的鲜花簇拥下的魂归之处。

更何况，扬州还留下了这样特殊而别具情感的地名——史可法路、螺丝及顶（"摞尸及顶"的谐音，当年史可法抗敌，巷战血拼时尸体一个摞一个到城墙顶），以及史可法曾经居住过的辕门桥。扬州人把对史可法的纪念渗透进他们的生活，刻印在他们走的路上和过的日子里，那是扬州人心底里为史可法吟唱的安魂曲。

扬州，不管到什么时候，真的都是史可法的扬州。

2009 年 3 月扬州归来

高平的地名

临离开山西高平的时候，我向当地的主人要了一张高平的地图。在高平转了一圈之后，我对高平的地名非常感兴趣。走过全国许多地方，还没有见到如高平的地名这样充满悠悠岁月的感觉，纵使万户千门成野草，往昔早已湮灭得没有了一点影子，但千古历史沧桑的味道，还是沉浸在那一个个古风朴朴的地名里，就像陈酒还沉淀在夜光杯里，就像年轮已经刻印在树木中。那是祖先留给我们的一份宝贵的遗存，是随血脉流传下来而打印在我们身上抹不掉的醒目胎记。

无疑，高平最古老的地名，应该属于团池，现在的神农镇就在那里。唐碑上雕刻着它的名字，神农庙和炎帝陵分列在它左右的山上，一起为它矗立着一份历史的证言。这个地名让全国任何一个地方都不敢小觑，别看它只是一个小镇，却拥有中华文明最古老的历史和美丽的传说，就像有了一份压箱子底的宝贝。全国的镇子数以万计，哪个小镇敢叫神农镇？

太行山环抱着高平。“此地由来古战场，平沙漠漠野茫茫。”明诗里描述的高平，现在依然不过时。我来高平那天，风很大，望着绵延起伏的太行山，秋后层林尽染的火炬树燃烧着一山一山的烈焰，仿佛整个的山峰都在风中飘动，真的能够让人迎风遐想，发思古之幽情，也才能体会到唐诗里“人世几回伤往事，山形依旧枕寒流”的意境和心境。

在高平，一枕寒流的是丹河。整整五十公里长的丹河由北向南横穿高平境内，将高平一分为二。当年，丹河成了古战场的一道天然屏障。两千多年前，中国历史上冷兵器时代最著名最声势浩大的长平之战，就是在丹河两岸烽火连天，狼烟四起。在这里，血流成河不是一句成语，而是惨烈的事实，秦兵六十万，赵兵四十五万，最后，秦将白起只留下赵国二百四十名兵士回赵国报信，将其余四十余万赵兵全部坑杀。一条清澈的河才被人们叫成了丹河。丹河，这样的一个地名，洗不去战争的血腥和残酷，让历史沉甸甸地压在人们的心头，让一条曾经被万千将士和百姓的血水染红的河水痛彻肌骨地流淌至今，让我忍不住想起陆放翁的诗句“江河不洗千古恨，天地能知忠义心”，一点不假。

丹河两岸，如今关于长平之战的地名有很多。它们不是撒落在那里的一粒粒璀璨的珍珠，不是绣在历史衣襟上的一枚枚干枯注解的纽扣，而是镌刻在那里的一串串历史的脚印，或者说是历史生长到今天的一棵棵斑驳苍劲的老树。如今，走在这样的地方，那些个地名便真的是拔出了萝卜带出了泥，打断了骨头连着筋一般，让人觉得历史一下子不再遥远，战火也仿佛就蔓延在脚下。脚下，有着四十多万被生生活埋的将士的遗骨呀！

如果在平常，说起公元前 262 年这样一个遥远而陌生的年份，我会觉得和我太不相干，但在高平，这个年份，就像是在昨天，伴随着“车辚辚，马萧萧，行人弓箭各在腰”，一起在眼前纷至沓来，扬起漫天的尘土和硝烟。那一年，秦国攻打韩国，韩国请求赵国救援，赵国参与战争，使秦兵攻打赵国。赵王派老将廉颇驻兵长平，抵抗如狼似虎的秦兵入侵，便有了这场历史上惨烈的战争。赵将廉颇和他的后任赵括，以及秦将白起，成了这里最著名的人物，两千多年以来，名声不衰。在我所在的城市和人们的记忆里，他们是历史教科书和戏台上的人物，但在这里，他们的血肉和灵魂化为一个个地名，沉郁而凝重的泪滴一般，凝结成一个个经年不化的琥珀。

在这里，我把这些地名归纳为和赵将相关、和秦将相关的两类。

和赵将相关的，是空仓岭、营防岭、将军岭、光狼城、三军村、箭头村……这样的地名，至今还能让我闻到一些战火硝烟的味道。我甚至在想，每一个名字，都可以成为一出老戏的戏名，演绎出跌宕起伏的故事，一片丹心，万里梦想，无限河山，多少六朝兴废事，尽入高平地名中。空仓岭又名老马岭、乏马岭，意为上山之难，连战马都要打乏，依靠这样的有利地形，这里是赵军的防线中心。光狼城，四山环抱，三水汇聚，依仗这样的天然地势，这里是赵军的接应补给基地。至于营防岭、将军岭、三军村、箭头村……光看名字，就能够知道和战事密切相关，火药味十足，且气势不凡。

最让我难忘而心动的是那些个和老将廉颇相关的地名。大粮山，位于高平的中部，是中部最高的山，离如今的高平市中心只有五公里。站在大粮山上，西望空仓岭，东望故关，丹河两岸的秦兵一览脚下。这里是廉颇的瞭望台，也是他囤粮的粮库。只是残酷的战争让赵兵后来断粮几十天，传说廉颇就是在这里天天命令已经饥肠辘辘的兵士，把山上的黄沙装入粮袋，然后背上山顶，迷惑秦兵以为赵兵粮食依然充足。大粮山就是因此得名。如今，大粮山脚下，左右分别还存有面山村和米山村这样的地名，如对称的对联一般，衬托着大粮山这样能够稳定军心的横幅，横亘在蓝天之下，苍山之中。

我来大粮山时，这里正在排练廉颇出征的歌舞，依托着大粮山为背景，一群年轻的姑娘和小伙子们，把当年廉颇带领兵士运沙上山的故事搬上大粮山。旌旗猎猎、战鼓声声之中，他们宛如廉颇的后代，传达着对正义、对和平、对忠诚而足智多谋的廉颇的敬意。望着灿烂阳光下的绵绵群山，我在想，本来没有粮食、没有米面，偏偏叫作大粮山，叫作米山、面山，是多么有意思的一种表示，体现了古人对地理和民俗的一种认知与想象，是站在此岸对彼岸的一种想象，还有足够的幽默感。

人们对忠臣良将特别是受冤屈的忠臣良将，总是寄托着深厚的情感，并通过多种方式让这种情感得以延续和宣泄，地名就是其中一种方式。据说，赵王听信流言，让赵括替代廉颇，这样的历史动作，日后在高平的地名演绎之中，倾注于百姓这样的情感寄托，更是一边倒于廉颇。最富于情感的，莫过于徘徊村和换马岭了。如今，三甲镇还有徘徊北和徘徊南两个村名，因为当年廉颇被废黜之后，离开这里的时候，他是舍不得走的，百姓也是舍不得他走的，才出现了五里一徘徊，依依惜别不忍离去的情景，从徘徊村一直相送到了羊头山的山顶。据说，廉颇在这里要换马回赵国故都邯郸，留给乡亲们自己的盔甲作为纪念，换马岭的地名由此而得。只要想一想，都会觉得那情景真的十分感人。我对这样充满感情的地名，分外地感动。听说，空仓岭上还有一个地方叫作廉颇屯的，让我想起在河北易县荆轲墓前有一个叫作荆轲村的地方，民间情感在地名学中的寄托，穿越时空，绵延到今天，让我们还能够触摸到当年历史与民心的那一份温热，真的是了不起。

和赵括有关的地名，都是秦兵屠戮赵军最惨烈之处，所以，我把这些地名归于和秦兵相关。其中谷口村和围城村，最具代表性。围城村是赵括的死地，秦军破赵军于此。虽说赵括只沦为纸上谈兵的恶谥，但当时村民还是冒死把赵括的尸首偷回，葬于村北的二仙岭上，从此，这个村改名为赵庄。谷口，又叫杀谷和哭头，大概是觉得过于惨烈，改成了谷口这样一个中性的名字。这里是白起坑杀赵兵之地，却也是白起葬身之地。从这里长期以来陆续有白骨和兵刃出土发现，便是明证。谷口村现存有白起台和骷髅庙。骷髅庙相传是唐玄宗为潞王时路经这里，伤怀往事，悲悯赵括，而命人建的庙，庙里供奉的塑像就是赵括。白起台则是当年百姓把白起的头筑于垒中，因山为台而得名。所以，背后的山又称为头颅山。有意思的是，将曾经敌对的一员赵将和一员秦将同时列于一地，一为庙宇，一为耻辱台，地名体现的是民间善恶爱憎，和战争的胜负，和带兵策略的高低，已经没有任何关系。

掘山村、企甲院和马鞍壑，似乎应该也要说说。前两处是当年秦军的驻地，近些年曾经出土秦戈、箭镞多枚，秦半两钱币两万枚，冰冷而锈蚀斑斑，却无一不印证着当年刀光剑影的冷酷无情。后一处在被叫作秦垒的万里石长城东端，是秦王亲自出征征调十五岁以上的兵丁，然后和白起会师之处，惨烈的长平之战就是从这里拉开穷兵黩武的帷幕。

当然，最值得一说的是位于高平市西北十公里的永禄村，这是唯一一个和当年历史没有什么关联的地名，却又是长平之战绕不过去的一个村落。因为在这里发现了尸骨坑，让长平之战有了最令人信服的证据，让历史成为看得见摸得着的现实。1995 年 5 月，那时，这里是一片梨园，李珠孩老汉给梨树除草时，发现了这个尸骨坑。当时，挖掘出了一百四十具尸体，可以想象四周该有多少尸骨尚在地下沉眠。我走进这个现在被封闭盖起天棚的尸骨坑的时候，正是黄昏时分，望着并不大也不深的尸骨坑，却看到那纵横交错在一起的一具具尸骨，竟然都是仰面朝天，睁大了眼睛，嘴巴也大大地张开着，如同鱼挣扎出水面，急切呼吸的样子，很是震惊，心里有些压抑。什么是死不瞑目，这才是死不瞑目呀。铁马冰河，并不是一幅如放翁诗中所说的可以入梦的画面，而是对战争如此残酷血腥、人性如此灭绝沉沦的悲愤和慨叹。

走出尸骨坑的时候，外面天已经黑了，由于没有一个星星，夜空如漆，让心越发地沉重，颇有些杜甫诗中所说的“夜深经战场，寒月照白骨”的凄怆感觉。问解说员，知道这里的地名也并非完全和历史无关，永禄村后的山就叫尸骨山，在没有出土这些尸骨的时候，就这么叫，叫了不知有多少年，因为这附近在夜晚常有鬼火闪现，老人们说，是那四十多万被白起活活埋在地下的将士的鬼魂。

高平的地名，就是这样和历史肌肤相连一般密切相关，几乎无处不在地涌动着逝去的岁月的蛛丝马迹和先人流淌的血脉情感。想起联合国第六届地名标准化会议，它所做出的决议里指出：“地名有重要的文化和历史的意义。”从这样的意义来讲，地名不仅是对历史的想象，是民间的情感，是民俗化的表征，同时也是一种非物质文化遗产。地名将历史空间化、实物化，地名是历史以地理形态表现的个性符号，地名是历史存活至今天的文化细胞。

高平的地名，是高平得天独厚的财富。

2009 年 11 月 3 日写毕于北京

水的传奇

我一直以为，如果看水，有两个地方的水最值得看，一个是九寨沟的水，一个是尼亚加拉大瀑布。可以毫不夸张地说，看过这两个地方的水，其他地方的水可以不必再看了。

如果看水的柔韧劲、可塑性，看水是如何将绚烂归于平淡，将刚劲寓于柔顺，将流动化为宁静，将一时融于永恒，那一定要去看九寨沟的水。那里的水化繁为简，化整为零，将浩瀚的水天女散花成一个个珍珠般串联的湖泊。每一个湖泊都是那样清澄透明，纤尘不染，将水本来的无色透明，幻化成孔雀蓝的蓝色，蓝得让人心醉，让人如同看到教堂里洗礼用的圣洁露水，如同听到教堂里管风琴演奏的《圣母颂》，而不敢有丝毫的俗尘杂念，懂得并真真地看到人世间居然有纯洁美好和透彻的净，就在这里远避尘嚣而静静地存在。

如果看水的激扬、水的冲动、水的澎湃，看水是如何将平常琐碎的嘈杂的泡沫般的一切变为顶天立地的世界，将儿女情长的喃喃细语化为了誓言一般的慷慨悲壮，将千年的积蓄爆发于瞬间的一时，将压抑的心情冲出胸膛，将万马齐喑的场面搅成冲天怒吼，将风花雪月的迷恋变为金戈铁马，那一定要去看尼亚加拉大瀑布。

九寨沟的水，是阴柔的，是女性的；尼亚加拉大瀑布则是阳刚的，男性的。上天在造水的时候，和上帝造人一样，故意要造成这样对称的两极，让这样性别和性格迥异的水，呈现在人类的面前，仿佛上苍抛向人间的两面镜子，让我们能够时时照亮自己的容颜和心地，看看我们和大自然的距离。

我终于看到了心仪已久的尼亚加拉大瀑布。

是晚上，夜色和灯光双重作用下的瀑布，以那样轩豁而宽阔的幅度和面积，从你的身旁直直地坠落下去，不惜粉身碎骨，也要举身赴清池一般决绝地直冲而下，真的是烈性得可以。而就在刚刚，就在一步之遥，它的水还是平静地流淌着，和我们平常见到的水没有什么两样。突然间，它就像我们川剧里的变脸一样，一跃而起，冲天一怒，将平静庸常的水迸发出另一种形态，崩落成一天飞溅四溢的雪浪花，宛若千树万树梨花开，宛若欢蹦乱跳着拥挤着互不相让赶赴约会的夜精灵，宛若义无反顾的高空蹦极的无畏勇士。

要我看来，看尼亚加拉大瀑布，白天比夜晚更要精彩、更要真实。夜色下的大瀑布，有些像是王尔德笔下穿戴着朦胧的七层纱跳舞的魔女莎乐美，带有拉美的魔幻色彩，却也多少让大瀑布变形，让大瀑布变得亦真亦幻，似是而非，变得加入了夜色迷离的色泽，还有灯光闪烁的科技元素。白天看大瀑布，大瀑布才是本色的、原装的，未经化妆和加色的，彻底地脱下了七层纱，就像雷诺阿笔下那些壮硕的裸女，将美丽而健康的胴体展示在光天化日之下，水花如雪，是那样地洁白；激流如歌，是那样地壮烈；排阵如兵，是那样地气势雄伟，如同看到了一场古罗马冷兵器时代的战争。

第二天上午，我又去看了大瀑布。大瀑布从山崖跌落下去，虽然只是瞬间的事情，却是经历了从平缓到崩落到激流到云雾到彩虹这样几个步骤，层次是那样地鲜明清晰，衔接又是那样地缝若天衣，贯穿又是那样地一气呵成。特别是彩虹，无论你站在哪个角度，都可以看到瀑布跌落时被天光映射出来的七色虹霓，如同从水中钻出来的彩色蜥蜴或珊瑚，柔若无骨，袅袅婷婷，在和气势不凡旁若无人的瀑布调情。

想起20世纪80年代宗璞先生笔下的尼亚加拉大瀑布，她说大瀑布是“整个的雪原从天上崩落了”，是“崩落了还在奔跑的雪原”。我以为这是迄今描写尼亚加拉大瀑布最美也最真的意象。

来看尼亚加拉大瀑布的人，一般都要乘船近距离再看大瀑布的。因为，从美国一方看大瀑布，只能看到美国这一面的两道瀑布，即名曰美国瀑布和新娘面纱瀑布，而尼亚加拉大瀑布是由三道瀑布组成的，其中最大的马蹄瀑布在加拿大一方，必须乘船而游。这时候，三大瀑布方可一览无余，也才更能够体验三道瀑布的气势，因为这时候人是仰视的，瀑布显得越发地雄伟，人在这样的大自然壮观面前，真的是很渺小的。说尼亚加拉大瀑布是世界的第七大奇观，确实名不虚传，这时候的感受就犹如三道瀑布同时在心里激荡，那种感觉好像你在等待着一次充满期待的旅程，即将出发，心里跃跃欲试，鼓胀着八面来风。

船行一会儿的工夫，马蹄瀑布便越来越清晰，它确实呈马蹄形，敞开怀抱，伸出双臂，在招呼着人们。据说它宽有两千五百英尺（约七百六十二米——编者注），宽阔得如同巨人的胸膛。当船越来越靠近它的时候，水的轰鸣声音越来越响亮，水的雾气也越来越浓烈、越来越清冽。等船行至瀑布下面的时候，水的形态完全不见了，只感到包围在身边的是白茫茫的雾气，仿佛整个世界在这一刻都变成了霭霭雾气，载我们湿漉漉地飘飘欲仙。

那一刻，其实，我已经看不见什么马蹄形的瀑布了，只好像进入了一个水晶般的巨大的罩子里面。它让我第一次感觉到，水居然可以形成这样一个神奇的世界，虽然穿着雨衣，你的身子已经几乎全被水打湿了，但你看不见一滴水，看见的只是白茫茫一片，像雪、像雾、像千古的冰川。如果站在上面看，就像宗璞先生说的，瀑布像是“崩落了还在奔跑的雪原”，那么，在这里近距离地和瀑布亲近，瀑布就像是一个凝固的童话世界。如果站在上面看瀑布，还只是乐曲的第一章，那么，这里则是瀑布的华彩乐段了。

我又想起了九寨沟的水，和尼亚加拉大瀑布相比的话，那像是一部温馨浪漫的生活影片，荡漾着的是属于东方的审美情调；尼亚加拉大瀑布则是一部桀骜不驯的西部牛仔影片，每一滴水珠里都仿佛有一个神灵在横刀跃马，仰天长啸。

如果说九寨沟的水是上天留给人间的一个童话，那么，尼亚加拉大瀑布则是上天留给我们的一个神话。

如果九寨沟的水是一首诗，尼亚加拉大瀑布则是一段传奇。

2010 年 9 月尼亚加拉大瀑布归来

2011 年 8 月写毕于北京

山的传奇

韶关在广东最北端，地处南岭山脉之中，山便是它的盛产，是它的代表作，是它地理与历史醒目的文化符号。

最值得一看的是丹霞山和大峡谷。

丹霞山离韶关六十公里，绚丽的丹霞地貌，让它去年申遗成功，如今名声大噪。其实，发现它的历史已经很悠久，徐霞客来过，韩愈来过，苏轼来过……丹霞山早有了属于自己的诗文和传说。传说中最美的，是最早到来的舜帝，帝子乘风下翠微，南巡登临此山奏韶乐，四围群山中有三十六石闻之动容，立刻变为了奇形怪状的山峰。韶关由此而得名，面积约三百平方公里的丹霞山上演的为世人瞩目的争奇斗艳之大戏，由此而拉开了帷幕。

丹霞地貌的山，在中国有很多，和丹霞山一起申遗成功的就还有其他五座山。丹霞山与众不同的，在于它有醒目的阳元石和阴元石，而且遥遥相对，中间隔着一道清澈碧绿的翔龙湖。还有意思的是，阳元石位于丹霞山主峰长老峰的正对面，一柱擎天，分外醒目。由于石为赤色，间以千年风化的皴痕和雨水冲刷的道道黑色纹理，真的是形神兼备，正对南国辣辣阳光之下，雄风凛凛，不可一世。人们站在它的面前，都会惊叹，实在是像极了昂昂乎男性伟岸的雄根，每一道阳光都在它的上面迸射出嘹亮的回声。而阴元石则藏于背阴处的清秀山林之中，修竹茂树将她掩映，风吹拂时，她仿佛能够摇曳生姿，绿色的枝影叶影随她一起风情万种。

尽管随物赋形是中国人欣赏山水的一种惯用的老套方法。但是，更多的是取其神似而已，丹霞山居然如此具象得须眉毕现，而且对称地出现这样阴阳两道绝佳风景，至今在全世界都未曾有过。据说，前些年，丹霞山因阳元石一目了然，而希望寻找到与之相对应的阴元石而始终未果，却在福建龙虎山发现了一座而庆幸的时候，丹霞山的一位老猎手看到龙虎山那照片不以为然。早在20世纪60年代，他打一头箭猪，箭猪受伤而逃，逃到一座山洞被洞的一道狭长的山缝夹住，那一道山缝可比龙虎山的像多了。人们随猎手过翔龙湖攀山而去，果然大为惊叹，实在太像女阴了，那没有一点雕琢痕迹的柔美线条，仿佛神笔信手一挥，便使整座山成为艺术品。大自然的神奇，中国山水的阴阳匹配，实在令人叹为观止。

这就是中国山水的特色了。寄情山水，山水永远是我们生活的一个亲近的近邻，是我们精神的一种外化的象征。不是我们的想象，让山水变得像我们生活甚至我们身体的某一部分，而是上天的赐予我们的神明，让山水变得如此激情无限，让我们接近它们而陶冶自己。丹霞山，便有了一览众山下的独一无二。阳元石与阴元石，成了丹霞山的图腾。它们二位呼唤着风，呼应着水，映衬着日月星辰，让它们的生命和人的生命彼此交融。它们不是山水里的《金瓶梅》，而是大自然里的《红楼梦》，它们毫不隐讳的展现，让生命的渴望有了张扬的文本，让大自然不再是隐喻，而有了与之相呼应的明喻的爽朗世界。它们不仅让山水人性化，更让山水和人一起少了束缚而张开了飞翔的翅膀。可以说，因为有了阳元石和阴元石，丹霞山才有了自身独具魅力的文化意义。它们让丹霞山成了生命之山，它们是自然之神，是山的亚当夏娃，是山的伏羲女娲。

大峡谷在韶关一百多公里以外。对比丹霞山，这里发现得晚，交通又不便，来的人远不如丹霞山人流若织。但是，好的风景常常容易被摩肩接踵破坏。放翁诗“人情静处看方见”，说得正是。趁着人少时静，地僻路遥，风景和人才彼此相悦，两厢相宜。

到达大峡谷，已经是晚霞快要落尽的时候，以为来得时间有些晚。苍茫的暮色中，站在它的面前，才知道来得正是时候。仿佛有一列神兵天将横空出世，铁马冰河，呼啸而来，一道绵绵山脉，在刀起刀落之间，立刻訇然裂开两半，张着悚然裂开的大口，却霎时无声，连松风草语的回音也一时尽消，只剩下了眼前的残阳如血，霞光壮烈地辉映在两边笔立陡峭的山壁上，像垂挂着一道道英雄淌下来的碧血。

面对着这样惊心动魄的景象，才知道中国词汇中“鬼斧神工”的真正含义，仿佛就是为了它而创造的。一道裂谷，宽一百多米，深三百多米，长，如今只开发了十五公里，其实，它南北走向，绵延一直有一百来公里。由于是属于石英砂岩地貌，两边的山岩层层分明，呈橙黄色和钢青色；又由于山洪的冲刷，一道道漆黑色的沟壑，拔天垂地，深刻在山体上，让山的线条纵横交错，显得格外沧桑。单看一面山岩，像是罗中立那幅著名油画中父亲皱纹密如蛛网的脸；整体看悬崖绝壁，如同浑身披挂盔甲的将士组成的仪仗队，列队两排，威风凛凛，迎着猎猎山风和血红的夕阳，群山万壑间响起了雄浑的军乐声。让你哪怕是干话梅核一样萎缩的心也会为之一震，抖擞成和它们一样迎风招展的旗。这里的山与人相遇，才是金风玉露相逢，胜似人间无数，让人和山水精神有了交会点。

这样壮观的山，应该出现在北方，出现在荒野的祁连或昆仑山谷里才对，却偏偏出现在了灵秀的南方。强烈的反差，让这道大峡谷居然常年藏在深闺人未识。以前，这里只有水力发电站。前几年，懂旅游的人来，扛着帐篷，沿着峡谷上上下下爬了多日，才发现了它的壮美。水季到来的时候，那沿着陡立的石壁飞天而下的瀑布，是李白笔下的庐山瀑布都没有的奇观；那绵延横亘的裂谷，因为刀劈斧剁般险峻陡立，是别处峡谷没有的风景。即便是枯水季节，谷底依然有蓄水而成的天然湖泊，大大小小，宛如珠串，静若处子，站在上面看，如同九寨沟的那些美丽的湖泊沉静得如同一个个幽静的梦，一个个结晶的童话，绿得那样地清新醉人，好像有意要和陡峭的危岩悬壁做个对比。

如果要下去，和湖泊亲近，没有山路，没有缆车，只有水文站的石梯，那石梯有一千三百多级，每一级有半米高，那是勇敢者的游戏，当地人称之为“天梯”。踩着这样的“天梯”下去，仰天观山，是另一番风景。湖泊只是山的点缀而已，是绣在山谷底的一枚枚纽扣而已。那时的山高大如同巨人，列阵威仪，剑戟刺天，逶迤而走，挟风带雷，像是举行节日里的一种盛大的仪式，激越回响着山之交响。这时候，人真的很渺小，大自然才是不朽的，它用自己石质坚韧并雄奇的语言，书写着属于自己的传奇。

天人合一，神与物游，从来是中国人寄情山水的哲学。如果说丹霞山能够给予我们的是文化意义的昭示，大峡谷则能够给予更纯粹自然的精神启迪。站在丹霞山，给人的感觉是惊叹，是想象，是激动；站在这里的感觉，是震撼，是敬畏，是感动。

我更愿意把丹霞山比喻成画中的山，而把大峡谷比喻成诗中的山。丹霞山更充满世俗的烟火气，大峡谷更洋溢激情的精神气。丹霞山如一个小说家，有点儿像写历史的那种小说家，在时间的流淌中讲述山与人的故事；大峡谷如一个戏剧家，是专门写悲壮的悲剧的那种戏剧家，在空间的舞台上普度众生。

2011年9月5日重阳节写于北京

苍蝇馆子和洗脚泡菜

过去说起成都，都说是茶馆多，有“江南十步杨柳，成都步步茶馆”和“一街两个茶馆”之说。但是，我查阅的资料告诉我，成都的茶馆虽多，但比起餐馆来说，是小巫见大巫。仅以1935年的资料为例，成都茶馆共有五百九十九家，而餐馆却有两千三百九十八家，其比例是1∶4。也就是说，如果一条街上有一家茶馆的话，那么，这条街上就会有四家餐馆。根据傅崇矩的《成都通览》所载，清末成都有大小街巷五百一十六条，恰是这样子的格局。即使如今城市格局发生了巨大的变化，但是餐馆还是遍布街巷，这样一种景观没有变化。在成都街头，无论什么时候想吃饭，都比北京要方便很多，而且无论大小餐馆，味道要好很多，价钱也要便宜很多。可以想象，大街小巷，处处都会有餐馆在时刻等着你，会是一种什么样的情景？如此多的餐馆，自然会烘云托月般托出好的餐馆、好的吃食来的。

如今的成都，由于大餐馆将川菜改良，做得越发注重形象，花团锦簇般地精致，连本是热烈的火锅都变得皇城老妈江南丝绣一般针脚细密温文尔雅起来，多少将成都本土的味道用精致的刀剪给剪裁下了许多。不少成都本土人更热衷的是到那些巷子深处闻香寻美味，一般这些地方，因为地方狭窄，卫生条件差，尤其是到了夏天，人没有围上桌，苍蝇已经嗡嗡地团团地围将上来，先睹为快。成都人称这样的小餐馆叫苍蝇馆子，常常是成都人的至爱，别看藏在巷子里的陋蓬茅舍，却人满为患。据说，成都人曾经专门网上投票选出成都十大苍蝇馆子，居榜首的是在猛追湾的“三无餐馆”。之所以叫“三无餐馆”，是因为它根本没有名字，全靠着饭菜吸引回头客。听说它的凉拌白肉和肥汤牛排骨名气最大。前十名中，还有一家在北顺城街的苍蝇馆子，也是没有名字，因为紧靠着一个公共厕所，人们便叫它“厕所串串”，无疑卖的各种串串最为食客得意。

那天中午，正赶上饭点儿，朋友说请我吃饭，我说别到饭店，就找一家苍蝇馆子吧。他立刻打电话，说找一位苍蝇馆子的专家，这位专家可以说是成都苍蝇馆子的“活地图”，曾经在报纸上开过专栏。不一会儿，电话打通了，“活地图”问朋友：“你们现在在哪儿呢？”朋友告诉他我们的地址，他立刻脱口而出：“就去吃倒桑树街的黄姐兔丁。”然后告诉怎么走，这家苍蝇馆子对面的标志性建筑，老远一眼即可望见。

倒桑树街，很好找，靠近锦江，离武侯祠不远。这是一条老街，街上的居民多以种桑养蚕为生。清末时，街中一株老桑树长疯了，恣肆倾斜弯曲，犹如倒长，人们便给这条街取名为倒桑树街。有活地图导航，黄姐兔丁的馆子一下子就找到了。这是一家二层小楼的苍蝇馆子，楼下楼上各能摆几张桌子，显得很拥挤。楼下已经客满，踩着木板楼梯上楼，感觉摇摇欲坠似的。拣了个临窗的座位坐下，朋友点了店家的招牌菜兔丁，又要了一盘拌折耳根，一盘清炒豌豆苗和一份水煮鱼。很快，一位大姐就把菜端上楼来，我问她可是店主黄姐，她摇头说：“我是给黄姐打工的。”然后对我说：“这个店马上就要拆了，要吃赶紧来。”

都说苍蝇馆子卫生差，这里倒是干干净净，桌椅黑乎乎的，菜却做得绿是汪汪的绿，白是雪雪的白，折耳根的红头红得娇艳，特别是那一锅水煮鱼，味道确实不错，并非北京一些川菜馆里只剩下了死辣死辣的辣味，而没有了香气撩人，就像唱歌的只会用嗓子吼，却没有了一点儿韵味和余音袅袅。一顿饭才花了几十元，可谓物美价廉，是我此次来成都吃得最可口的一顿饭。

成都人讲究吃，和南方人不同，不是那种精雕细刻或繁文缛节，将味道蕴藏在大家闺秀的云淡风轻或排场之中，而是更注重家长里短，注重平民气息注重大之外的小。我住锦江饭店，吃饭时，不管你点什么菜，在端上饭的同时，必要免费给你端上一小碟泡菜。不是那种腌制多日发酸且咸的泡菜，与韩国泡菜那种重口味也不同，而是像刚泡过不久，非常鲜嫩滑脆。虽是几粒青笋丁、萝卜丁和胡萝卜丁，却搭配得姹紫嫣红。

那天，朋友来访，我问这种泡菜的做法，很想学学回家如法炮制。我知道，有人曾总结成都有十八怪，其中一怪便是“一日三餐吃泡菜”，想必成都人一定都会做这种泡菜的。果然，朋友立刻说：我们管这种泡菜叫作洗脚泡菜，意思说头天晚上睡觉前用洗脚的工夫就把它腌好了，第二天一清早就可以吃了，是最简单的一种泡菜，什么也不要，只放一点盐，点几滴香油就可以了。

我对朋友说：“我对这种泡菜感兴趣，还在于它的名字。成都人给菜给菜馆起名字很有意思，往往愿意拣最俗的名字起，你看，管小饭馆叫苍蝇馆子，管泡菜叫洗脚泡菜，在北京，没有这么起名的。”朋友笑着说：“北京不是皇城吗？起名字当然得气派些了。”我说：“北京如今起名愿意起洋名字了，你看那楼盘不是叫枫丹白露了，餐馆都得往什么塞纳河上招呼了。”我们都笑了起来。起名字，其实是民俗，更是一种文化情不自禁的流露。对自己的文化有自信，才会雅俗一体，大雅即大俗，不怕叫苍蝇馆子就来不了食客，叫洗脚泡菜就没有人吃。

想起前辈作家李劼人解读川菜时将其分为馆派、厨派和家常派三种，馆派即公馆菜，类似我们今天的私房菜或官府菜，食不厌精，脍不厌细，一般认为顶级；厨派即饭馆做出的菜，为第二等级。但李劼人说："馆派是基层，厨派是中层，家常派则其峭拔之巅也。"李劼人是最懂成都的人了，他道出了川菜的奥妙，也替我解开洗脚泡菜和苍蝇馆子至今依然为成都人所爱之谜。那最最俗的，恰恰是在最最雅的巅峰之上一览众山小呢。

2012 年 5 月 24 日于新泽西

礼花三章

一

小时候，总觉得过国庆节一定要看礼花，礼花就像大年三十的饺子一样，是国庆节的象征。那时候，我家住在北京前门外，站在我家的房顶上，一眼就可以看见天安门广场，大约晚上 8 点以后，就听见大炮轰轰一响，第一拨礼花腾空而起，感觉礼花就绽放在头顶。

上中学的时候，国庆节多了一个节目，就是要到天安门广场上跳集体舞。我们是男校，要和女校的同学配对一起练习。男同学站外圈，女同学站里圈，一曲之后，里圈的女同学上前一步，后面的另一个女同学上来，一场练习下来，走马灯一样换好多个女舞伴。高一那一年的国庆节，是新中国成立十五周年，晚上，在天安门广场上跳集体舞，换上来一位女同学，相互一看，都禁不住叫了起来，原来是小学同学，分别将近四年，竟然在这里见面，忍不住边跳边聊，礼花映衬着她那青春的脸庞，那一曲舞曲显得格外地短。那一晚的集体舞，总盼着她能够再换上来，却再也没有见到她换上来。

但是，我们却联系上了。高中三年里，我们成为好朋友。每逢星期天，她都会到我家来，一聊聊到黄昏时分，我送她回家，一直送到前门 22 路公共汽车站。说来那时候我们真的很可笑，一直到上高三，就是在这个 22 路公共汽车站，她伸出手来和我握手，祝福我们都能考上一个好大学。那竟然是我们认识以来唯一的一次握手。

高三毕业那一年，赶上了“文革”，我们都去了北大荒，却人分两地，音讯杳无。我们再一次见面的时候，是十四年后的 1980 年，她考上了哈军工，要到上海实习，从哈尔滨到北京回家看看，竟然给我打通了电话，相约一定见个面。正是国庆节前夕，她说就国庆节晚上在前门的 22 路公共汽车站吧，那里好找，晚上还可以一起看看礼花。意外的相逢，让我们都分外惊喜，那一晚在我们头顶绽放的礼花格外灿烂，让我总能想起，仿佛昨天。

二

1968 年的夏天，我去北大荒。国庆节歇工，那天清早，天飘起了细碎的雪花，让我很是惊奇。那时候，我刚离开家两个多月，想家，这一天的晚上，该是上房顶看礼花绽放。而在这里，天远地远，哪里有一点儿过节热闹的影子，更别说会礼花开满夜空了。

这时候，生产队开铁牛的老董，正在发动他的宝贝，我们问他国庆节不休息，这是要到哪儿去？他说到富锦给大家采购东西，晚上队上会餐好吃！我和伙伴们想去富锦买礼花，就爬上了他的铁牛的后车斗。

老董是复员军人，和我们知青关系很好，拉着我们往富锦跑，雪花沾衣即化，铺在路上，却已经霜一样白皑皑一片了。这样雪白的国庆节，在以后的日子里，我再也没有遇到过。富锦是离我们最近的县城，铁牛跑了小半天才跑到。谁知好多家商店过节都休息，好不容易找到一家开门的，没有礼花卖，我和伙伴们着急买礼花，到处转悠，终于看到卖烟花爆竹的地方，不管三七二十一，买了一大堆，跟着老董轰隆隆地跑回队里。

那一晚，队上杀了一头猪，满锅的杀猪菜饱餐一顿，酒酣耳热过后，全队的人都围到了场院上，等着我们放花。那一大堆礼花，一路下雪受潮，怎么也点不着，急得我们一头汗。老董大声喊着小心，跑过来替我们点燃。当那礼花终于腾空而起绽放开来，大家都欢叫了起来。尽管那些礼花都很简单，只是在天上翻了一个跟头就下来了，但在细碎的雪花映衬下，和北京的不一样呢。不一样，就在于它们像是沾上了雪花一样，湿润而晶莹。

三十六年之后，2004 年，我重返北大荒，又回到队上，那曾经伴着雪花燃放礼花的场院，盖起了一排砖房，成为宽敞的队部。今年夏天，我的伙伴有回北大荒的，发来短信告诉我，不光队部不在了，队上所有的房子都不在了，人们都搬到了场部的楼房里了。心想，国庆节再放礼花，得到场部了。不过，买礼花不用再跑那么远到富锦了，现在场部就跟一个小县城一样，买什么东西都应有尽有。

三

去年的国庆节，我是在美国过的。世界上所有国家的国庆节都要放礼花的，美国的国庆节也不例外，只是在美国过我们的国庆节，像是倒上一杯酒自饮自乐，美国人顾不上我们，所谓一畦萝卜一畦菜，自家的节日自家爱。

毕竟是我们的节日，得自己操心。国庆节，怎么也得要放礼花。

好在这里买礼花很方便，而且比在中国买便宜，尽管都是中国生产的。国庆节的晚上，自家人饮一杯酒庆祝之后，抱着一抱礼花，带着孩子走出房门，准备放花。四周静悄悄，星光不多，上弦月一弯，墨染一样的夜空，成为礼花登场的最好舞台。尽管买的礼花远没有天安门广场上的礼花那样大气磅礴，瞬间占据整个夜空，却也让夜空多了几分别样的风姿。

我们的几个礼花刚刚绽放完，就看见邻居家的房门开了，夜色中穿过草坪，匆匆地走过来一个高大的身影，一直走到我们的身边，手里拿着一个圆筒般的东西，笑吟吟地递给我们。原来是一枚硕大的礼花，他说是过美国国庆节时没有放完，看见我们正在放花，就赶紧找了出来，让我们一起放。他是个英国人，太太是美国人，结婚之后来到了这里。他知道今天是我们中国的国庆节。

我们谢过他，他站在我们的旁边，看我们点燃他拿来的那枚硕大的礼花，那枚礼花蹿天猴一样飞上天空中，先是一声礼炮一样的巨响，然后伞一样地打开，垂下金丝菊一样的花瓣，纷纷如雨而下。大家都叫了起来。他的这枚礼花，给这个异乡的国庆节增添了别样的色彩。

今年的国庆节又要到了，我仍然在美国这座小城。我们买了好多礼花，准备在国庆节的晚上放。不知道这位好心而热心的英国人，还能不能再为我们增添一枚别样的礼花？不是我贪心，是我喜欢那种感觉。

2014年9月22日写毕于布鲁明顿

荒原记忆

在我国传统文化中，只有“大地”“乡土”或“原野”，没有“荒原”这个词。“荒原”这个词最早出现，应该是在五四时期。那时候，有艾米莉·勃朗特的小说《呼啸山庄》和奥尼尔的剧本《荒原》翻译出版，荒原才不仅作为一种文学中的情境与意象，也作为新时代的一种新词汇、新象征出现。特别是“五四”之后，在冲破了旧文化的藩篱而渴求新生活的时代动荡中，荒原成为人们向未知世界挑战或征服的欲望和精神的一种存在。

曹禺就是在那个年代受到奥尼尔的影响，写作了《原野》。在曹禺的剧作中，在我看来，这是他最好的一部剧，他将荒原这个富有象征意义的意象，引入他的这部剧中。去年，他的《雷雨》重新演出遭到年轻人的哄笑，但在《原野》中，不会出现这样由渐行渐远时代造成的精神隔膜，由过于人为巧合造成的审美错位，而引发跨时空的笑声。因为《原野》中的背景，不仅仅是时代更是人类共同生存的窘境，完全可以和现代人共鸣。而这恰恰是“原野”不受时空限制的永恒的象征意义。其实，在奥尼尔剧中的“原野”一词，应该翻译为“荒原”；

曹禺的原野，更准确地说，是中国那时的一种荒原。

荒原不是作为文本意义和象征意义，而是作为实实在在的存在，真正出现在我的面前，是 1968 年 7 月的夏天。那一年，我二十一岁。我从北京来到北大荒生产建设兵团一个叫作大兴岛的地方。一个北大荒的“荒”字，就命定了它荒原的归属。大兴岛，被蜿蜒的挠力河和七星河包围。那时候，我们必须乘坐一艘柴油机动船，才能到达那座岛上。乘船渡过七星河的时候，放眼望去，宽阔河水两岸都是长满芦苇的沼泽地，再远处，则是一片荒草萋萋的荒地，风吹草动，一直平铺到天边，连接到看不清的地平线。那块看不清的地方，就是大兴岛，其实，就是一片荒原。我才见识到了什么是荒原。在这样一片荒原包围下，机动船轰轰作响的柴油马达声，被风声吞没，船和船上的我们，显得那么渺小。

后来，我们扎起了帐篷，开荒种地；再后来，我被调到生产建设兵团六师的师部，一个叫建三江的地方——这个名字是当时我们的师长取的，就是为了开发这一片三江荒原。所谓三江，指的是黑龙江、松花江和乌苏里江三条江包围的地盘。“向荒原进军”，是当时喊出的响亮口号。我奉命调到那里去编写文艺节目。记得我和伙伴们编写的第一个节目，是叫作《绿帐篷》的歌舞，里面的第一段歌词是这样唱的：“绿色的帐篷，双手把你建成；像是那花朵，开遍在荒原中……”

现在，才知道，当年我们开发的荒原，其实是湿地，现被称作“大地的肾”。这些年，知青重返北大荒，成为一种热潮。前些年，我也曾经回过北大荒，看到如今的人们在把当年我们开发出来的地，重新恢复为湿地，保护湿地，成为和当年开发荒原一样响亮的口号。看着已经瘦得清浅的七星河，还有那变化了色彩的原野，觉得历史和我们开了个玩笑。

后来看学者赵园的著作，她在论述荒原和乡土之间的差别时说：乡土是价值世界，还乡是一种价值态度；而荒原更联系于认识论，它是被创造出来的，主要用于表达人关于自身历史、文化、生命形态和生存境遇的认识。她还说，乡土属于某种稳定的价值情感，属于回忆；而荒原则由认识的图景浮出，要求对它进行解说与认指。

赵园的话，让我重新审视北大荒。对于我们知青，它属于荒原，还是乡土？属于乡土，可当时那里确实是一片兔子都不拉屎的荒原，当年我们青春季节开发的荒原大多是对湿地的破坏，严格意义上讲，并没有什么价值；属于荒原，为什么知青如今把它当作自己的故乡一样，一次次频频含泪带啼地还乡？过去曾经经过的一切，都融有那样多的情感价值的因素？

我有些迷惘。仔细想当年荒原变良田，“北大荒”变“北大仓”的情景，以及如今又恢复湿地的翻云覆雨的颠簸，该如何爬梳厘清这一切错综复杂的关系？或许对于我们知青而言，北大荒这片中国土地上最大的荒原和乡土的关系，并不像赵园分割得那样清爽。这片荒原，既有我们的认识价值，又有我们的情感价值；既属于被我们开垦创造出来的荒原，又属于创造开垦我们回忆的乡土。

我想起四十四年前，1971 年的春节，我在师部，由于有事耽搁，等年三十要走了，突如其来的一场暴风雪，让我无法过七星河回原来的生产队和朋友老乡聚会一起过年。师部的食堂都关了张，大师傅们都早早回家过年了，连商店和小卖部都已经关门，命中注定，别说年夜饭没有了，就是想买个罐头都不行。

暴风雪从年三十刮到了年初一，我只好畏缩在孤零零的帐篷里。就在这时候，忽然听到有人大声呼叫我的名字。由于暴风雪刮得很凶，那声音被撕成了碎片，显得有些断断续续，像是在梦中，不那么真实。但那确实是叫我名字的声音。我非常奇怪，会是谁呢？在师部，我仅仅认识的宣传队里的人一个个都早走了，回各团去过年了，其他的，我没有一个认识的人呀！谁会在大年初一的上午来给我拜年呢？

满腹狐疑，我披上棉大衣，下了热乎乎的暖炕，跑到门口，掀开厚厚的棉门帘，打开了门。吓了我一跳，站在大门口的人，浑身是厚厚的雪，简直是个雪人。我根本没有认出他来。等他走进屋来，摘下大狗皮帽子，抖落下一身的雪，我才看清是我们二连的木匠老赵。他从怀里掏出一个大饭盒，打开一看，是饺子，个个冻成了邦邦硬的砣砣。他笑着说道："可惜过七星河的时候，雪滑跌了一跤，饭盒撒了，捡了半天，饺子还是少了好多。凑合吃吧！"

我立刻愣在那儿，半天没说出话来。他是见我年三十没有回大兴岛，专门来给我送饺子来的。如果是平时，这也许算不上什么，可这是什么天气呀！他得多早就要起身，没有车，三十来里的路，他得一步步地跋涉在没膝深的雪窝里，他得一步步走过冰滑雪滑的七星河呀。

那一刻，风雪中的荒原和帐篷，因老赵和这盒饺子而变得温暖。真的，哪怕只剩下了这盒饺子，北大荒对于我既属于荒原，也属于乡土。

2015 年 1 月 4 日于北京

旅游心理学

如今，富裕起来的中国人，一大爱好，便是旅游。在世界各地，几乎都能够看到中国人旅游的踪迹。以前，在世界那些旅游胜地，看到的亚洲面孔，绝大多数是日本人，即便到了20世纪80年代中期，我第一次去欧洲的时候，还有很多人用英文问我是不是日本人。如今，我们终于可以扬眉吐气了，那些荡漾在旅游胜地的亚洲面孔，已经胜利地被我们中国人所替代、所占领。

在眼下电视时髦的相亲节目中，无论男女老少，在面对选择的对象介绍自己的特长爱好时，看吧，几乎异口同声都包括“旅游”这必不可少的一项。那劲头儿，就和刚刚粉碎“四人帮”不久，新出现的征婚广告，在介绍自己时爱说“本人爱好文学”一样。真是一个时代有一个时代的婚恋观，“文学”和“旅游”，是为这样两个不同时代镶嵌的两个耀眼而别致的花边。我觉得，它们几乎可以载进史册，成为历史中一段不可或缺的集体记忆。

之所以这样说，是因为，文学是那个变革时代的启蒙，一篇刘心武的小说《班主任》，一篇徐迟的报告文学《哥德巴赫猜想》，能够得风气之先，风起于青萍之末一般，成为一种政治与心灵上的时尚，引领人们无限的向往和想象。时代发生变化了，已经从政治的时代快速地进入了经济的时代，风向标变了，人们心里的向往和想象也开始跟着位移，自然很容易从政治化的巅峰一下子跌入经济化的软床。相应跟随变化的象征物，就像当年的地标领袖的雕像变为高耸云天的电视塔一样，人们那么一致地就从文学的百花园转向了旅游的胜地，轻而易举又众望所归完成了这样的华丽转身。文学被冷落，旅游大行其道，便是理所当然的事情。而且，是极其富有中国特色的事情。

之所以说这样的转化极其富有中国特色，不是要为文学打抱不平。文学如今这样的位置，其实是鬼归坟，是神归庙，最正常不过。只是如今越来越热的旅游潮的涌动，不仅含有我国经济长足发展的必然因子在内，而且还含有隐在的民族心理在内。

这一点，在与我年龄一般上下的老一辈的旅游者身上体现最为明显。而且，岁数越大，旅游的热情越发旺盛。我周围的一帮插队的“老插”朋友，不顾炎热，几乎倾巢而出，且是一色的外国游：去美国，去西欧，去北欧，去东欧，去俄罗斯，去日韩……最不济，也得去去我们国家的台湾和香港。马不停蹄，乐此不疲，比赛一样，看谁去的国家多，然后，带回一堆人景合一的照片回来。有了闲钱，又有闲情与闲心，旅游是最佳的选择。即便钱财不足，还有儿女的资助，成为旅游强大的经济后盾。还有更极端的，把自己的一处房产变卖，拿到现金，撒了欢儿一样到处去旅游。

问问这些朋友，为什么对旅游有如此高涨的热情？答案几乎一致，父母都养老送终了，儿女都大了，都不用再操心了，趁着现在还跑得动，就多跑些地方，争取把世界各地都转遍。

我知道，这是很多人的旅游心理学，无师自通，而趋于一致。都说远方，尤其是未曾去过的未知的远方，充满诱惑而令人蠢蠢欲动。

不过，那应该是年轻人的心理，像我们这样一把年纪了，不应该再有这样占有欲式的旅游冲动，却恰恰是我们这样一把年纪的人，对于旅游最为痴迷而雄心勃勃，所以如今旅行社的各种夕阳红旅行团才会异常红火。当然，这没有什么不好，哥伦布可以环游世界，为什么我们就不可以？只是，环游世界成为一代人旅游的梦想，让我忍不住想起，我们这样一代人年轻的时候，也曾经有过的一个梦想，就是要解放全世界三分之二受苦受难的人民，让红旗插遍世界的每一个角落。那时候，我们就是朗诵这样的诗，唱着这样的歌，甚至在情书中都写下这样滚烫的语言。

我相信，如同我一样年纪梦想游遍世界的旅游者，不会有这样的想法，甚至早已经把曾经拥有过的这一膨胀的梦想忘掉。但是，不见得没有这样的心理。心理常常是潜在的、隐性的，你并没有想起，或者忘却，它却依然可以影响着你。就像风，你看不见，它却是存在的，紧紧跟随着你，吹拂着你。就像一粒种子，当初没有发芽，在以后的日子里顽强地拱出地面，依然渴望长成一株参天大树，期冀迎接扑来的八面来风。

2015 年 7 月 21 日于北京

第四辑

远方，与异文明的相恋

布拉格的咖啡馆

在我看来，欧洲尤其是西欧城市最迷人之处，一是雕塑，一是咖啡馆，两样均是触目皆是，随处可见，点缀得城市仪态万方、风情万种。据说，仅巴黎一座城市就有上万个咖啡馆，许多名人和普通人一样，都是咖啡馆的座上客。而作家和艺术家更是咖啡馆的常客，雨果、司汤达、梅里美、普鲁斯特……可以数出无数作家的灵感是来自咖啡馆。

一般有机会到欧洲，我总要去一去咖啡馆坐坐，其实，我并不怎么喝咖啡。倒不是为了去附庸风雅，只是坐在咖啡馆里的感觉真的很舒服，难得片刻的闲适，让心清静一下，哪怕只是瞬间而逝的清静。

这次来到布拉格，事先对布拉格的了解太少，觉得一个东欧的小城，实在有些小瞧了它。谁想到它城市的建筑和布局非常西欧化，其中一个特点就是咖啡馆和欧洲的中小城市一样多。虽然赶不上巴黎的咖啡馆有上万个，但这里的咖啡馆和巴黎一样是遍布在街头，天暖和时桌椅摆放在户外，白天咖啡杯里融化着阳光，夜晚咖啡杯里搅拌着星星，还可以看街头红男绿女的穿梭往来，是一道带有古典韵味的街景。天冷时，人们到咖啡馆里，据说布拉格的冬天很冷，握一杯热气袅袅的浓咖啡，白雪红炉，相对而谈，是布拉格最好的享受。而且，在一般的街头咖啡馆里消费相当便宜，并不像我们这里将咖啡一下子贵族化。

布拉格的咖啡馆众多，尤其在老城和小城里，而且几乎每一个咖啡馆都有自己或动人或迷人的故事，咖啡馆像是一块腐殖质极多的肥沃的老田，能够滋生艺术的胚芽。了解这一切，再看不少作家的作品直接是从咖啡馆里汲取的灵感，甚至干脆是坐在咖啡馆里写出来的，就可以理解了。值得一提的是，布拉格的老城和小城历史悠久，从那里磨得凹凸不平的石头路就可以看出来。那里的咖啡馆有的藏在这样石头铺地的小巷深处，阳光也像岁月一样有一种旧旧的感觉，挥洒在咖啡碗中，搅动得苍茫而厚重，让你能喝出别样的滋味。

有一次，曾做过捷克驻中国大使馆第一任文化参赞的何德理老先生，带我们到布拉格郊外拜访了中国的一位叫作丹纳的友人墓地后，开着他那辆老掉牙的拉达破车，心里都有许多话要说，但什么也说不出来，一任车子在布拉格的绵绵秋雨中颠簸，落叶和雨珠一起纷纷扑打在车窗前。就这样，他一直把我们拉到一个偏僻但格外宁静的教堂旁的一座咖啡馆，浓浓的热咖啡立刻将寒冷的雨消融。指着窗外的那个教堂，他告诉我并特意在我拿着的咖啡糖纸袋上写上了这个教堂的名字——克拉斯特教堂。他用并不怎么流利的中文告诉我们：这是13 世纪的建筑，小时候他就爱在这里玩，时光过去了这么久，它还巍巍健在，还是老样子。

我知道，这是老先生特意带我们到这里喝咖啡的原因。世界上有些东西，有些感情，是不会随着岁月的潮水冲淡、冲远的。

那一天，我们去金街看卡夫卡故居，路过一个叫作维拉卡拉的小咖啡馆，外表看来，并不起眼，紧靠道边，拥挤不堪。据说，这是哈维尔总统最钟爱的一个咖啡馆。当年，哈维尔未当总统，只是一个剧作家的时候，请朋友聚会聊天，就爱到这里来。现在，他依然爱光临这里。美国总统克林顿访问布拉格时，他就请克林顿来到这里，并且为克林顿吹萨克斯管，弄得这里更是名噪一时。可以想象，到咖啡馆里来，和到会议大厅的感觉是多么地不一样，即使是国家元首，到了咖啡馆，也会脱掉一些外衣，而不那么正襟危坐，回归更多凡人的状态。

这个咖啡馆的名字有意思，也有来历。维拉卡拉，在捷克语中的意思是即将成为修士的小教徒。捷克作家 Doctor 杨将其翻译成我们中国话——“还没有出家的小和尚”，这让我想起汪曾祺先生的小说《受戒》里那个天真可爱的小和尚来。据说，当时小咖啡馆刚建还没有名字，常有附近教堂里即将“受戒”的“小和尚”来这里吃饭，给这儿带来一股清新而纯真的气息。久而久之，咖啡馆便用了这个名字，越发吸引人前来光临。

布拉格还有一个咖啡馆对我很有吸引力，是位于老城的老虎咖啡馆。这名字起得没来由，也没有维拉卡拉有韵味。但这是捷克本土上当代最负盛名的作家霍拉巴尔晚年常光临的地方。我来布拉格这一年的 2 月，霍拉巴尔刚刚去世，享年八十三岁。他的死很奇怪——一天他到窗台去喂鸽子，突然跌下窗坠楼而死。布拉格查理大学中文系的一个老师告诉我说，他的死很像他自己小说中的人物，他的一篇小说中就是这样处理人物之死。可惜我没看过这篇小说，只能揣测一些他为什么要和自己设计的小说中的人物有雷同的结局，这难道不是艺术的大忌吗？

想想，我倒是觉得他的死和我国的老作家徐迟先生的死有着某些类似。究其更深一些的原因，大概要上溯到霍拉巴尔晚年妻子死后，这一点和徐迟的经历很相似，晚年丧偶，对他们的打击一样地重。霍拉巴尔常独自一人到这家老虎咖啡馆里饮酒或喝咖啡，一坐一个大半天，任谁也不理，只让酒精和咖啡因来麻木自己，排遣自己的忧愁和苦闷，几乎每一天都要喝得醉醺醺的方才出来回家。后来有好事的记者知道了，闻风而来，希望采访他，他却是一言不发，目光散乱了焦点，茫然不知望向何方。也有热情的读者知道，拿着他的著作请他签名，他有时会拿出他看过的报纸来，胡乱地在报纸上签名。有一次，哈维尔总统带克林顿总统到这里来吃饭，向他打招呼，他也不理。这样的日子过了两年，两年里他常常来这家老虎咖啡馆枯坐，醉到月色星光满头。两年之后，他坠楼而亡。

如果说城市是一本打开的书，咖啡馆即使成为不了这座城市历史风情的画卷中非凡醒目的扉页，也是一页不可或缺的插图，或古韵悠悠，或情致悠悠，成为这座城市的一个注脚。

1997 年 11 月记于布拉格

与石共舞

旅途中总会有意外的惊喜。那天，台中市的周正浩、孙志宁夫妇开车带我去看日月潭，车子一拐弯，还有几公里就近在眼前了，这时候，路边一块大牌子醒目地闯入我的眼帘——牛耳艺术公园。周、孙两口子在台中居住多年，连连对我说来过日月潭多少次了，没听说过这里还有这样一个叫作牛耳的艺术公园。从日月潭回来的时候，他们把车子再一打弯，拐到路旁的山上，蜿蜒盘桓，树木葱茏，三角梅开得正旺处，公园门口的牌子在闪烁，门旁的墙上几排色块浓郁的抽象图案圆圆而古怪地突兀着，细一看，那圆圆的家伙竟是一个个的脸盆。未进大门，先声夺人，倒也十分别致。

进得大门，才知道别致的还在园内。公园依偎在山脚下一片开阔的草坪上，阡陌纵横，尽情随意弯曲着自己的大写意线条。令我格外惊奇的是，在所有的小路边，在几乎每一株秀丽的椰子树或大叶榄仁树下，在每一簇盛开的夹竹桃或秋海棠的花木丛中，都可以看到一个紧挨着一个的石雕，以至觉得多得熙熙攘攘有些拥挤。这些石雕，用的都是这里山上的石头，小巧玲珑的也好，粗笨莽撞的也好，冥顽不化的也好……就地取材，取之不尽。逸笔草草，只是寥寥几下刀工，那些石头便被点化成仙，一个个依石造型，随风而动一般，变成了野猪或山羊、猴子或蟒蛇，抑或是什么也不像只是凭空想象出来的动物或怪物，在搔首弄姿，在仰天长啸，在顾盼流离，在眉目传情，在和你逗着玩。你会觉得这些石雕和这里的山这里的林是这样地协调，你甚至会觉得那么多的石雕，仿佛就是从山上跑下来的小动物、从林中飞下来的鸟儿一样，在这里参加狂欢，突然被这里什么人什么情景或什么东西吸引住了，一个个屏气凝神，化成了远古神话里或者孩子梦中的图形，定格在这里，等候着你的到来。

看这里的石雕，让我立刻想起西安茂陵前的石雕，那里的石马、石牛、石蛙、石鱼、蟾蜍、怪兽吞羊……那些汉代的石雕，竟然和这里的石雕有着惊人的相似，一样的质朴，一样的简洁，一样地依托山石，化神为形，石中有物，物融为石，灵动的想象删繁就简为古拙的抽象，让沉重的石头一下子婆娑摇曳血脉畅通。看公园正中花坛里的一尊雕像前的介绍，知道这座公园的主人叫林渊，这里是他的老家，在他六十五岁那一年退休的时候，他没有选择留在城市，而是远避尘嚣选择了这里，落叶归根回到了家乡。他忽然对这里的山石感上了兴趣，竟拿起了斧凿，无师自通地雕刻下这样一件件石雕，石头和他彼此都被赋予了新的生命。我不知道林渊老先生到没到过西安，看没看过茂陵前那汉代的石雕，但我看得出来他们之间那种艺术追求的民间性与民族精魂的相似和相通。也许，只有如林渊先生这样来自民间的艺术家才能够得远古先人的真传。在台湾，人们把如林渊先生这样没有经过专门学习和训练的自学成才者称为“素人艺术家”。许多真正的艺术往往不在庙堂不在学堂而在这样的人之中。虽然林渊先生在六十五岁的时候才退隐山林与石共舞，却落日心犹壮，让通往日月潭之路的这座以往不知名的小山凌空飞舞起来。

花坛里的那尊雕像雕的就是林渊先生——光着头赤着脚，穿着圆领衫，坐在一块石头上悠闲自得在雕一只猴子的脸。那种返璞归真的质朴，那种童心未泯的天真，那种和石头融为一体的感觉，让你会觉得其实艺术就应该是这样和自然和人生连在一起的。林渊先生的这尊雕像是台湾雕塑大师谢栋梁先生的作品。在林渊先生去世之后，台湾许多雕塑大师都愿意把自己的作品放进这里，其中包括最著名的杨英风和朱铭两位先生的作品。他们是为了表示自己对这位素人艺术家的敬重，也是表示对艺术回归自然与民间的一种向往吧。有这样一群雕塑大师和这样一批石雕响亮地聚会在一起，牛耳艺术公园渐渐会成为台湾一座小小的雕塑博物馆，是日月潭旁的另外一景。

2001 年 11 月记于台中市

西门町印象

在台北，我住在北平东路，离西门町不算远，坐捷运（地铁）去，只有两站地，走着去，从忠孝西路走，穿过重庆南路和博爱路两条不长的路，很快便到了中华路，中华路是一条这几年新修的挺宽阔的林荫大道，西门町就藏在这条宽阔的大道里面。西门町不大，就像一个娇小玲珑的孩子藏在大树林里面。

西门町不大，在台北却非常有名，我想大概首先有名于它的历史。在清朝末年，这里是台北的郊外，只是一片荒凉的坟地。日本人占领了台湾后，大批日本移民跑到了台北，在市里住不下了，便在这片坟地上建起了房子，渐渐地开辟成了新的商业区，越来越繁华，把市区拓宽。现在这里的许多建筑依然是日本人当年留下来的。听听这地名——西门町，就是典型的日本的名字。

我第一次去西门町找了一个星期一，因为我知道那里是年轻人的天下，双休日时人满为患，地方本来就不大，人挤得跟沙丁鱼罐头一样。那天去又赶上是上午，人就更不多，早就在想象里对它的小有了准备，真的走了进去，比想象的还要小，还没有北京的大栅栏大，简直就是一个袖珍的商业区。别看袖珍，里面应有尽有，光步行街就有汉中街、武昌街、峨眉街好几条。不过那步行街短得如同盲肠，街上摆放着彩色的椅子供游人休息，那椅子小巧得像是童话里的东西。虽是步行街，车辆在那里肆无忌惮地穿行。正赶上台湾选举的日子，彩旗飘舞的选举车高音喇叭大喊着，在那里旁若无人蜗牛般慢吞吞地爬行。

路都不宽不长，却纵横交错，密如蛛网，四通八达，毛细血管似的爬满西门町的角角落落。想象不出当年日本人建这里时是如何螺蛳壳里做道场的，只能想象当年叩响在这些小巷石板地的木屐声声，一定是如海潮翻涌，不绝于耳。

路的两旁都是商店，大小不一，一家紧挨着一家，绝对不会留下一点儿缝隙，真正是寸土寸金。大的商店，如来来百货、万年百货、诚品，在整个台湾有名的店家，在这里也有。小的店铺更是多如牛毛，名字虽然都不如它们的响，却都起得怪怪的，“杂志疯”肯定是专门卖杂志的，但“你奶奶个熊”光看这店名是绝对想不出来是专门卖服装的。在这里，能够买到你想买的任何东西，尤其是年轻人购买时尚物品的天堂，从手表、首饰、手包、发卡到鞋帽、时装、化妆品，无奇不有，无所不包，包括在大陆刚刚流行的唐装。

西门町的另一大特色，是电影院和唱片店集中，它像是一把伸出了巴掌就几乎把台北市的大部分电影院和唱片店都握进手中。在这里有专门的电影街和唱片街，特别是电影街，走不出几步就是一家，西门戏院、嘉年华电影院、国宾戏院、奥斯卡戏院、乐声大戏院……鳞次栉比，简直像是挤成了一个疙瘩。我去的时候，正在放映《哈利·波特》，电影院前的巨幅电影广告，和商店前台北市的政治明星陈文茜的同样巨幅选举广告交相辉映。不过，广告再大再醒目，也是无济于事，和大陆一样，台湾的影院都不大景气，即使是进口大片和在大陆走红的侯孝贤、杨德昌的电影，即使现在票价一张已经降到200台币甚至200台币以下，电影院里仍然是门可罗雀。因此，虽说在西门町看电影真是方便之极，也只徒留下了名声和往昔记忆里的辉煌而已。第二次我去西门町专门去看电影，看了两场，一场是侯孝贤的新片子《千禧曼波》，一场是戛纳电影节的最佳影片《儿子的房间》，都是不错的电影，但两场电影，偌大的电影院里包括我在内都是只有可怜巴巴的六个观众。

在西门町吃东西也非常方便，咖啡馆冷饮店、大吃小吃，都会让你一饱口福。不过到西门町，一般人只吃小吃，就好像到北京的隆福寺或到上海的城隍庙也大多是为了吃那里的炒肝和小笼包子之类的小吃一样。西门町的小吃大约要数汉中街上的阿宗面线和西宁南路上的杨记玉米花生冰了。不过，我第二次去看电影时台北的朋友没带我去吃那里的面线和玉米花生冰，说是那里如今只剩下了一个牌子，而是带我去了西门町附近的桃园街，那里有一家牛肉面馆，也是一家老字号，在台北非常有名。去了一吃，味道果然地道，名不虚传。

吃喝玩乐，这里麻雀虽然小却是五脏俱全，西门町是一个纯粹感官享乐的世界，是年轻人娱乐颓废的中心。要是赶上休息日，再赶上是晚上，这里一定是灯红酒绿，一片纸醉金迷，“暖风熏得游人醉，直把杭州作汴州”。可惜，我来得不是时候，没有什么身穿奇装异服的另类年轻人，只见少少的几个穿着超短裙和高筒皮靴的女孩，汤汤水水地端着碗在吃小吃，还有一个男孩穿着旱冰鞋在步行街上所向无敌地滑。

临离开台北时，我又去了一趟西门町。那天是个周末，又是个晚上，我到嘉年华电影院去看电影。那天是金马奖的闭幕式电影，放映的是刚刚上映的法国和奥地利合拍曾获得戛纳最佳导演、最佳男女主角三项大奖的《钢琴教师》。没有想到是座无虚席，而且不是像我们这里这样的闭幕式大多数是赠票而大多数是自己掏钱买票，而且几乎是一色的年轻人，以至我坐在他们中间显得是那样地不谐调。这使我想起那天来西门町看电影时电影院里只有六个人的情景，真是无法想象的对比。闭幕式的主持人走上台来，面对台下黑压压一片的人群，兴奋得头一句话就说："不爱选举的人今晚都到电影院里来了。"满场响起了年轻的笑声，因为第二天就是台湾的"大选"，而好长时间一直闹腾腾的选举，大部分的年轻人是不感兴趣的。

看完电影，乘电梯下楼的时候，看到一个个年轻人，都是俊男靓女，都是衣着新潮，即使衣着不新潮，也是那样地青春焕发，才想到这里真是年轻人的天下，像我这样年纪的人一般是不大到这里来和年轻人凑热闹的。像我这样年纪的台北人一般愿意到淡水去看海看海中落日去怀旧，或是愿意到北投去泡泡温泉远离尘嚣暂时求得片刻的清寂。

走出电影院，西门町是真正的灯红酒绿，那种经过漫长岁月洗去的繁华，才如泡过了多年的酒坛子似的散发出诱人的醇香，西门町才如睡醒了一样在夜半时分突然精神焕发。满街是流光溢彩，满街是芬芳飘香，满街是笑语喧哗，满街是卖各式小吃的摊子，满街是约会的红男绿女。仿佛到了这时候，西门町才如同童话里响起了神奇的钟声一样让所有钟情人终成眷属似的一下子从幕后都走了出来，汇聚在了一起，在星月交辉的夜色下尽情狂欢。

只有成都路上的西门红楼在夜色的暗影里悄悄地立着，它是西门町最老的建筑了，也是整个台湾仅存的一座19世纪的英式八角楼，它和"总督府""监察院"一起并称为台北标志性的建筑，并以当年二楼的红楼戏园子曾经是同性恋聚会的场所闻名。这座日本人近藤十郎设计的红楼，历经百年沧桑矗立在这里，一直就是这样默默地看着眼前的一切。或许，正因为有了它的对比，西门町才越发显得年轻，这就如同年轻的男女站在了白胡子的老爷爷前面越发青春逼人一样。

2001 年 11 月记于台北北京东路

2002 年 2 月 14 日大年初三写于北京

重逢仙客来

两年前住新泽西，每天在所住的社区散步，路过湖边的一家人家的房前，总能看到门前的阳台上，一左一右摆着两盆仙客来怒放。那两盆仙客来都是紫色的，很是浓艳欲滴，这是仙客来中少见的品种。一般的仙客来都是开海棠红的花朵，在北京，我从来没有见过这样颜色的仙客来。因此，每天路过这里的时候，都会忍不住看几眼。

这一家在一楼，门前的阳台，由于和院子相连，便显得轩豁。他们家的房门总是敞开着，隔着门纱，里面影影绰绰的，树荫打在门前，绿色的影子被风吹得摇摇晃晃，显得有几分安详，又有几分神秘。

听说是住着一对白人老夫妇，但我只是偶尔看见过老头儿出门，穿着臃肿的睡衣，闭着眼睛，坐在阳台的摇椅上晒太阳，或者抱着一罐啤酒独饮，从来没有见过老太太，也从来没有见过他们的孩子。谁也不清楚他们有没有孩子，或者有孩子，为什么总也不见孩子的到来？

有一天，看见一辆小汽车停靠在他家的院子里，从车上跳下一个年轻的小伙子，以为是他们的孩子，走近一看车子打开的后备厢里放满修理管子的各种工具，知道是来帮助修理他们家的水管的工人。还有一天的黄昏，看见阳台上，老头儿和一个年轻的女人面对面相坐，远看是一幅温馨的父女图。走近看，年轻的女人手里拿着笔和本，面无任何表情，在向老头儿询问着什么，并机械地在本上记录着什么。显然，也不像是老头儿的孩子。

引起我最大兴趣的，还是他们家门前的那两盆仙客来，因为它们一年四季开着花。院子里春天的郁金香败了，夏天的蝴蝶花谢了，秋天的太阳菊落了，它们照样开着花。即使是冬天，大雪纷飞的时候，照样开放着，紫色的花朵迎着寒风摇曳，跃动着一簇簇紫色的火焰。而且，不管下多大的雪，他们从来不把花搬进屋里，就这样摆在门前，好像故意要让大雪映衬一下，好使花显得格外明亮照眼。再大的风雪，居然难使花朵凋谢。这让我非常奇怪，因为我从来没有看见过一年四季都花开不断的仙客来。都说是花无百日红，莫非这是只有美国才有的什么神奇品种？

今年春天，我再次来到新泽西，还是住在了这个社区。每天散步路过这家门前的时候，又看到了这两盆仙客来，依然是一左一右地摆在门前的阳台上，依然怒放着那鲜艳欲滴的紫花。好像老朋友一样，在等待着我的重来，又好像是将两年的时间定格，它们依然活在以往的岁月里，青春永驻，花开不败。

我真的非常好奇，好几次冲动地想走过去，穿过小院的草坪，走到门前，仔细看看那两盆仙客来，到底有什么样的神功，居然可以总能够开得这样娇艳、这样长久。不过，这样不请自入的话，实在不礼貌，我只好把这种冲动咽回肚子里，任好奇心与日俱增。

夏天到来了，蒲公英在漫天飞舞，天气渐渐地热了起来，小区里的人都不怎么出来了。好在今年夏天雨多，一阵云彩飘过来，就会有一场雨，让空气凉爽也湿润些。那天早晨，天下着淅淅沥沥的小雨，沾衣欲湿，是个好天气，我照样出去散步。路过这家时，老远就看见门前晃动着老太太的身影。这真是难得的事情，因为老太太很少出屋。前后两次来这里住了这么久，我还从来没有见过老太太一面呢，不仅是我，我问过别人，也都从来没有见过老太太。神秘的老太太，和神奇的仙客来有一拼呢。我不由得加紧了脚步。

走近看见老太太站在一盆仙客来前，手里提着一个硕大的喷水壶，在给仙客来浇水。这真的是一个怪老太太，外面正下着雨，虽然不大，但已经下了好久，只要把花盆搬到院子里，慢慢地也能把花浇好了呀。干吗放着河水不洗船，非要多此一举呢？

待我走得更近时再一看，忽然惊了一下，因为怎么想我都没有想到，老太太把那一朵朵仙客来拔了下来，然后又插进花盆里，如此机械地重复着这样的动作，让我不得不相信，原来仙客来是假花。

我确实有些惊呆了，愣着神，站了一会儿。就在我愣神的工夫，老太太转身向另一盆仙客来走过去。我发现，老太太是有些半身不遂，似乎也有些老年性痴呆，蹒跚的步子，挪动得非常吃力，不过几步的路，腿像灌了铅一样，头也如拨浪鼓在不住地摇晃着。她穿着一件月白色的亚麻长袍，长袍宽松，随着她的身子晃动着，像个慢动作的幽灵，让人心忍不住和那长袍一起隐隐地抽动。她手扶着门框，走了好长的时间，去给另一盆仙客来浇水。然后，机械地重复着刚才的动作，把一朵朵仙客来拔下来，再一朵朵地插进花盆里。喷壶里的水珠如注，从花朵上滴落下来，溢出了花盆，打湿了她的亚麻长袍，一直湿到了脚上。

以后，每天散步的时候，路过这里，再看那两盆仙客来，心里总会酸酸的。不忍看，却偏偏忍不住看。

2012 年春于新泽西

威斯利访冰心

到波士顿住中学同学心校家。住了三天，还是显得行色匆匆，好多地方都没有来得及去看。临走那天在早餐的餐桌上，心校对我说：“你走之前怎么也应该到威斯利大学看看，就在我们的社区里，你知道，宋庆龄、宋美龄和冰心当年都是从这所大学里毕业的。”从他嘴里迸出的“冰心”两字，引起我的兴趣。立刻放下碗筷，请他立刻驱车带我去威斯利大学。

心校知道我在中学时就喜爱冰心。我们的中学有百年历史，前身是一所教会学校，靠了老师的破例，我从学校图书馆尘埋网封的书堆里，找全了冰心在 1949 年前出版过的所有的文集，还抄下了冰心的整本《往事》，后来在学校校史馆里展览，成了我中学时代露脸的事情。其实，那时我还曾天真也认真地写下了一篇长长的文章《论冰心的文学创作》，只是没敢拿出来送校史馆展览，一直悄悄地藏在笔记本中，到高中毕业，也没敢给一个人看。

威斯利离心校家很近，他告诉我晚饭后他常常和夫人一起走着到这里散步。这里位于波士顿西郊，附近的社区属于富人区，林深叶茂，花繁草密，异常地幽静。威斯利就像一个远离万丈红尘的世外桃源，虽然有一百三十多年的历史了，还是像一位美丽的淑女一样，静静地依偎在那里，让人有种回眸一笑百媚生的感觉。

心校对我说："威斯利很大，你时间紧，咱们先开车绕学校一圈，然后咱们到湖边走走。"学校确实很大，但建筑却不多，一座座赭红色的尖顶小楼，别墅似的、花开一般，散落在校园的草坪上、松林中和花木掩映的曲径深处，冰心曾说"美丽得像是意大利的花园"。大概正是上课的时间，校园里几乎见不到一个人，安静得以为进入了童话的世界，也许，冰心就会从哪座教学楼里走出来呢。

至今为止，这是全美最有名的私立女子大学，当然，也是学费最昂贵的贵族大学。当年，如果冰心不是被破格录取有奖学金，很难想象会和宋氏姐妹一样来这里读书。

前面就是冰心在《寄小读者》里常常写到的慰冰湖了。心校将车子停在湖边。"朝阳下转过一望无际的草坡，穿过深林，已觉得湖上风来，湖波不是昨夜欲睡如醉的样子了。"这是 1923 年冰心初到时看到的慰冰湖，竟然和我眼前的样子一样，仿佛八十多年过去了，慰冰湖青春依旧，这大概是只有大自然才能够有的奇迹了。慰冰湖（Lake Waban）是冰心的翻译，大写意那种，中学时读《寄小读者》看到"慰冰湖"这三个字，就觉得这个译名太冰心化了，万千情感都化在这三个字里面了。

湖水很清，微风拂来，涟漪一圈圈轻轻荡漾开，如同密纹唱盘。湖边没有任何人工的雕琢的附加物，土坡漫下，有垂柳和灌木丛的枝条，还有野鸭野雁和远处的小船轻拂水面，没有人的惊扰，宛如怀斯笔下的一幅蛋彩风景画。这便是冰心当时每日黄昏来散步的慰冰湖，她说"舟轻如羽，水柔如不胜桨"。这就是冰心一遍遍托付心思的慰冰湖，她说"我在湖的光雾中，低低地嘱咐他，带我的爱和慰安，一同和他到远东去”。

穿过一座小石桥，就来到湖的另一侧，猜想当年冰心一定也会常过这座小桥的，桥下春波绿，惊鸿照影来。前面不远有一座文艺复兴时期式样的楼，独立于小山坡之上，面对着外面的公路，心校告诉我这就是校长楼，每一届的校长都住在这楼里。据说，当年冰心的成绩单，现在还在学校里保存着，不知道现任的校长知晓不知晓。也不知道当年的冰心最初来这里报到的时候，是否来过这幢白色的大楼。当然，这一切都并不重要，重要的是我终于来到这里，见到了慰冰湖，真的是“舟轻如羽，水柔如不胜桨”。

2006 年 3 月记于波士顿

草是怎样一点点绿的

住在芝加哥的时候，楼后紧挨着一个叫尼考斯的街心公园，4月份了，却还是一片枯枯的，没有一点儿颜色。因为天天从公园穿过，到芝加哥大学去，公园成了我新结识的朋友，它的草地、树丛、山坡、网球场，还有一个小小的植物园，都成为我每天的必经之地，它们一点一滴的变化，都逃不过我的眼睛，好奇心让我观察着它们的变化，像看着一个孩子从爬到走到满地跑一天天长大。

最先让我惊喜的是，有一天清早，我忽然看到公园的草地突然绿了，虽然只是毛茸茸的一层鹅黄色的浅绿，却像事先约好了一样，突然从公园的四面八方一起向我跑来。前一天的夜里刚刚下了一场春雨，如丝似缕的春雨是叫醒它们的信使。

我看着它们一天天变绿，渐渐铺成了茵茵的地毯。蒲公英都夹杂在它们草叶间渐渐冒出了小黄花骨朵。但树都还没有任何动静，还是在风中摇动着枯涩的枝条，任草地上的草旺绿旺绿聚拢着浓郁的人气，真是够沉得住气的。一直快到五一节，才见网球场后面的一片桃花探出了粉红色的小花，没几天，公园边上的一排排梨花也不甘示弱地开出了小白花。然后，看着它们的花蕾一天天绽放饱满，绯红色的云一样，月白色的雾一样，飘落在公园的半空中了。尼考斯公园一下子焕然一新，春意盎然起来。

然后，金色的连翘花也开了，紫色的丁香花也开了，每一朵，每一簇，我都能看得出来它们的变化。变化最快的是连翘，昨天才看见枝条上冒出几星小黄花，今天就看见花朵缀满枝条悬泻下满地的黄金。变化最慢的是一种我叫不上名字的树，很高，开出的花米粒一般，很小，总也长不大。近处看，几乎看不到它们，远远地望，一片朦朦胧胧的玫瑰红，在风中摇曳，如同姑娘头上透明的纱巾。这种树，在芝加哥大学图书馆前的甬道旁铺铺展展有一大片，那玫瑰红便显得分外有阵势，仿佛咱们的安塞腰鼓一样腾起遮天蔽日的云雾，映得校园弥漫在玫瑰色的雾霭之中。

再有变化慢的是树的叶子，几乎所有的花都开了，树的叶子还没有长出来，无论是榉树、梧桐，还是朴树或加拿大杨。一直到芝加哥大学教学楼墙上的爬山虎都绿了，尼考斯公园草地间的蒲公英的小黄花都落了，长出伞状的蓬松而毛茸茸的种子，它们才很不情愿地长出了树叶。我看见它们一点点冒出小芽，一天天长大，把满树染绿，在风中摇响飒飒的回声。

我知道，这时候才是芝加哥的春天真正地到来了。我才发现，这是我平生头一次从头到尾看到了春天一步步地向我走来的全过程。像看一场大戏，开场锣鼓是草地上的草，定场诗是公园里的花，压轴戏是一树树参天而清新的绿叶。

我忽然想起在北大荒插队的时候，因为那时常常要打夜班脱谷或收大豆、收小麦，在甩手无边的田野上，坐在驮满麦子和豆荚的马车上回生产队的时候，能够看到夜色是怎样褪去，鱼肚白是怎样露出在遥远的地平线上，晨曦又是怎样一点点染红天空，最后，太阳是怎样跳上半空中。生平第一次从头到尾看到天是怎样亮的，就是在北大荒。回到北京之后，我再也没有看到这样天亮的全过程了。

同样，在北京，我也从来没有看过草是怎样一点点绿，花是怎样一点点开，树叶是怎样一点点长出来，春天是怎样一步步走来的全过程。也许，不该怪罪我们的城市，也不该怪罪人生的匆忙，是我们自己把自己的眼睛和心磨得粗糙和麻木，在当今社会里，我们顾及的东西太多，便错过了仔细感受春天到来的全过程。只因为清风朗月不用一文钱，便徒让我们感叹“良辰美景奈何天”了！

2006 年 5 月于芝加哥

斯卡塔尼亚老街

斯卡塔尼亚是一条在 19 世纪 30 年代由流浪的吉卜赛人建起的老街，如同莫斯科的阿尔巴特街一样，在贝尔格莱德乃至在欧洲都很有名气。

这里离米哈伊广场很近，步行十分钟左右。它是一条南北走向的老街，梧桐树夹道，鹅卵石铺地，一下子就勾勒出它古老的韵致。我是从它的中部进去的，一个凹下去的喷水池，成为老街的中心，将南北一分为二。喷水池上面的弧形石台上，摆着一圈木雕，雕刻的都是身着塞尔维亚民族服装和帽饰的头像，卖雕像的是位一脸络腮胡子的老人，坐在前面的餐馆前，微笑地望着我。往北走，微微有些上坡，两边餐馆林立，把在最北头的是一家叫作双白鸽的餐馆，是这条老街最大的餐馆了。它的店门前一对铁皮白鸽的标志，让它的身份一目了然。店门旁矗立着一座老式邮筒样子的家伙，铁锈斑驳，历史悠久，据说是当年的小卖部。路口有旗子飘扬，上面是由麦穗、礼帽和手杖组成的图案，十分醒目，是斯卡塔尼亚的街徽。每年开春的 4 月，都要举办斯卡塔尼亚联欢节，贝尔格莱德人大都要从这个街口涌进这条老街，因为这里离市中心很近。

老街的南部，似乎更为风光，餐馆、咖啡馆、画廊不仅和北部一样地鳞次栉比，而且更加富于艺术特色。据说，19 世纪常有波希米亚人出入这里，把波希米亚的艺术的风格织进老街的肌理里。最著名的餐馆莫过于“双鹿”和“三顶帽子”，前者庭院深深，古色古香，典雅浓郁，如风情万种的贵妇；后者乡村情调，素朴厚道，一侧立有一个农夫的青铜雕像，木栅栏围墙上挂着三顶不同颜色的帽子，柴门式样的门口，似乎正有村妇倚门招手，热情迎客。“双鹿”建于 1832 年，“三顶帽子”建于 1864 年，是斯卡塔尼亚街上最老的两家餐馆。

斯卡塔尼亚街有名，还在于这里当年是诗人画家聚会的场所，得意或失意的艺术家们常常到这里来，或把酒临风，或一醉方休，或慷慨激昂，羽扇纶巾，指点江山，纵论天下大事。我看到墙上还留有他们画的漫画和刻上的诗句，还有石雕的五线谱，一百多年，居然清晰如昨。一打听，才知道是当年艺术家反抗奥斯曼帝国的统治而宣泄到墙上愤怒的心声，如今成为历史响彻到今天的回声，有形有色，让一条老街都有了生动的表情。

在“双鹿”餐馆旁边的一座房子窗前，立着一尊铜铸的塑像，一个戴着草帽的老人坐在石堆上（其实他一点儿也不老，才仅仅活到四十七岁），双目如炬，眺望远方。看紫灰色的墙上有一块还是这位老人的浮雕，浮雕下面有介绍，知道是塞尔维亚 19 世纪著名的浪漫派诗人 Djura Jaksic，我们译为雅克什奇，他的诗歌《祖国》《我在哪里》，就像我国艾青的《大堰河，我的保姆》一样因充满爱国情怀而闻名。他同时还是一位画家，房子是他的故居。我走进他的故居，里面正在布展一位画家现代的油画，一群中学生在旁边的空地上排练舞蹈。新一代的年轻人，传承着他的精神和艺术。

非常巧的是，下午塞尔维亚作家协会组织的诗人朗诵会就在这里举行，是为了怀念他，还是为了让他倾听今天的声音？

更巧的是，在这里，我碰见了九年前在贝尔格莱德见过的美国诗人大卫·霍沃，我们高兴地拥抱在一起，他送给我他新出的诗集，告诉我待会儿他要朗诵书里面的一首诗。我对他说九年前你还是一个年轻的小伙子。他扬扬手指上的一枚戒指，告诉我去年已经结婚了。日子就这样如水一样地过去了，一代人迅速地老去，唯有艺术和这条老街似乎还和往昔一样，保持着当年的模样和风采。

那天晚上，不少诗人在这条老街上喝得醉意朦胧。

那天晚上，一位塞尔维亚的画家在醉意朦胧中为我画了一幅肖像，虽然不大像，但我还是热烈地拥抱了他。老街上的老灯把幽暗的灯光洒满我们俩一身。

2006 年 10 月记于贝尔格莱德

狼餐厅

贝尔格莱德之行的压轴戏，在狼餐厅。

狼餐厅在老城的一条古巷之中，由于是夜晚，古巷里几乎没有什么人，格外幽静，昏暗的街灯昏昏欲睡的样子，洒下慵懒而凄迷的灯光。餐厅门脸不大，窗户里也不见我们这里餐厅里常见的灯红酒绿的溢彩流光，和巷子一样地幽暗。只有门口有一块写着 SURI 的牌子，以及一个画着一只扬着尾巴翘着前爪的狼的圆形店徽。SURI 就是“狼”的单词，音译为“苏里”，所以当地人称它“苏里餐厅”。别看店不大，却是 1740 年开的，拥有两百六十多年的历史了。它一直开在塞尔维亚考帕尼克的山区，1994 年年底，才搬到了贝尔格莱德，让贝尔格莱德人，也让我有了品尝它独特风味的福气。

不过，我们中国没有把餐厅叫这样名字的。狼餐厅？听着就瘆得慌。

叶靓娜请客，我来得早了些，可以细细欣赏餐厅的布局。餐厅不大，布置得全部是山野粗犷自然的味道，粗粗的木头和树皮，成了餐厅装饰的主打材料，就连餐桌和餐椅都是用未经打磨和油漆的粗木头做的。一面墙壁上还挂着一只狼的整张狼皮，平展展地横挂着，皮毛细密，抖擞发光，连头带眼睛都在，阴森森的，威严还在，魂未散尽。猎枪、弓箭、盔甲、盾牌和族徽，点缀其间，还有伪造的熊熊篝火，企图点燃往昔和遥远的山林景象。

菜还未上来，红葡萄酒已经斟满。主人东一句西一句热情地告诉我们，这里经营的是考帕尼克和朱帕风味的菜肴，主要是牛羊肉，一共有一百九十二道，其中一道芝士牛肉和他们餐厅的风味汤最值得推荐。而且，这里的炊具和餐具，都是山里用特殊材料制作的，不仅在贝尔格莱德，就是在全塞尔维亚，也是独一份。

没过一会儿，菜陆续上来了。每一盘的量都非常地大，十来道不同品种的牛羊肉，次第而上，抵得上我半年所吃的牛羊肉量了，好像满山的牛羊都聚拢在我的身边一样，腥膻味儿扑鼻，搅得胃里翻江倒海。叶靓娜今晚可是“吐血”了，但我可怎么招呼呀。除了那道风味汤我喝光了，其他的肉都只是浅尝辄止。看看主人们个个吃得美味无比，胃口大开，吃到最后，竟然碟光盘净，一点儿没剩，心里真觉得有些暴殄天物，对不起叶靓娜的盛情。

走出幽暗的狼餐厅，更深夜静，头顶怒放着一天星斗。坐在回旅店的车上，贝尔格莱德老城异常安静，空气清新，夜色宜人，明亮的灯火在车窗玻璃上跳跃。我的脑子里想的还是那个狼餐厅，塞尔维亚人生性勇猛好斗，不屈服，便问坐在前排的叶靓娜：“为什么把餐厅取个狼的名字？是狼崇拜吗？”她说：“是崇尚自然。”

这时，叶靓娜旁边的司机打开了车上的音响，立刻一股缠绵悱恻的男人的歌声如水一样轻柔而清澈地流了出来。尽管我听不懂他唱的一句歌词，但我猜想一定是首爱情歌曲，司机回过头冲我点点头，用简单的英语说：“是的，是爱情歌曲。”也许，就像他们喜欢狼的勇猛一样，也借此喜欢自然的清新；在山一样不屈不挠的刚性性格中，也有这歌声一样的如水温柔。这就是塞尔维亚人的性格吧？

次日凌晨，天刚蒙蒙亮。叶靓娜就来接我们去飞机场。在路上，她送给我一张CD，告诉我是昨天夜里她回家后特意为我刻录的。那是昨夜里我听到的那首爱情歌曲，CD盒上有叶靓娜写的歌手的名字，在塞尔维亚非常有名，他叫Arandelovac。

2006年10月记于贝尔格莱德

邂逅圣托贝

从马赛出发，沿海岸线走，一路尽是漂亮的海滨小城，明珠一般串联起普罗旺斯最美的风光。常常是车子还没开出多远，不远处又有一个小城摇曳着袅娜的腰身，向我们招手示意了。车子误打误撞地进了一座小得几乎不能再小的小城，车子根本开不进城，只好停在城边。下车一问，才知道到了圣托贝。

早听说过圣托贝。没有想到，它竟然如此小，袖珍得如同一粒豌豆公主。更没有想到，远未到旅游旺季，居然人满为患，经济危机在这里见不到一点儿影子，处处是吃凉不管酸的红男绿女，海湾处下饺子似的停泊着满满当当白色的私人游艇，桅杆耸立，密如森林；不远处的沙滩上，已经有不少游泳的人了。据说，这里是著名的天体浴场，不过，纵使春江水暖鸭先知，这时候下水未免早了点儿。不过，比起戛纳和尼斯，这里的沙滩确实好，有着无比的诱人之处。

圣托贝如何声名大噪，说法不一。一种说法：20 世纪 50 年代，法国号称“性感小猫”、可以和玛丽莲·梦露媲美的明星碧姬·芭杜，和她当导演的丈夫联袂在这里拍摄了有名的电影《上帝创造女人》，身着比基尼的芭杜和这里的海滩与椰风蕉雨一起风姿绰约，让人着迷，一下子让这座名不见经传的小渔村名扬四海。另一说法：时间更早，要上溯到 19 世纪末的保罗·西涅克，这位画遍法国所有港口的点彩派画家第一次来到这里，被这里美得惊艳的景色惊呆了。他回到巴黎之后，力邀马蒂斯几位画家一定要来这里看看。马蒂斯一来，和西涅克一样为这里不染尘埃与喧嚣的安静和美丽叹为观止，一住多年，画了好多张圣托贝的画，带着圣托贝不胫而走，闻名世界。

不管是谁的功劳吧，如今的圣托贝确实是不同凡响，海比那时候蓝，花比那时候艳，人比那时候挤。据说每年七、八两个月里，圣托贝被来自全世界的名媛贵妇和号称“杂志脸”的众多明星所包围，戴安娜车祸之前就是在这里度过她的最后假期，而每年贝克汉姆都要携妻带子到这里的海滨来晒晒太阳。这里比每年戛纳电影节的红地毯还要热闹，明星云集如同一张巨大的包子皮，将圣托贝搅拌成了色香味美的馅，紧紧地把它包裹在里面，然后再随着明星和贵妇们打着嗝，将自己的酒色财气一起散发出去。圣托贝立刻活色生香，氤氲蒸腾，不飘飘欲仙欲醉起来都不行。自然，无论和碧姬·芭杜还是和马蒂斯时代相比，它都没有了当初清纯的影子和静若处子的静谧。久经沧海，明星与贵妇们已经使豌豆公主膨胀为一位珠光宝气的埃及艳后一般了。

在所有普罗旺斯的海滨城市里，只有圣托贝的海朝北。从城边走到海边，不消十多分钟即可打个来回，这中间交错纵横的是几条窄窄的街巷，有颇具味道的普罗旺斯家庭小旅店藏在里面，门口和窗台都爬满鲜艳的花朵；更多的是特色小店，鳞次栉比在街巷两旁，每一扇橱窗都不大，却都是一幅精致而流动的画，将游人的脸庞和婆娑的花影树影一起映入画中。稍微宽敞一些的地方，一定是咖啡馆，桌椅会摆在露天，面朝大海，春暖花开。间或有水平远逊于马蒂斯的彩色雕塑，有点儿煞风景，但高高的棕榈、妖冶的夹竹桃和遍布街头盛开的色彩纷呈的鲜花，还是为圣托贝增色。飞在你头顶的海鸥，驮着地中海湿润而明亮的阳光，和你相亲相近，更是格外惬意。最重要的，这里不允许任何汽车穿行，所有的街道都是步行街，清静得让人可以随心所欲地逛，这是在全世界任何一座城市里都难见到的景观吧？

海边东侧一条街，密匝匝摆满了各种各样的画框，画的几乎都是圣托贝。那拥挤的架势有点儿像我们北京的潘家园，虽然都是卖自己画的画，却水平都不怎么高，仿造西涅克和马蒂斯，一样有些拙劣。据说圣托贝的市长对如今自己城市的珠光宝气灯红酒绿不满意，一直希望把自己的城市打造成一座艺术之城，他们有马蒂斯和西涅克嘛，资本潜在着。可惜，马蒂斯和西涅克的作品都藏在深闺，在圣托贝美术馆里，到那里去看马蒂斯的，没有去海滨沙滩裸泳和去咖啡馆喝酒的人多。那些作品是马蒂斯和西涅克捐献给圣托贝的，他们对圣托贝充满感情，唯一的要求是不允许他们的作品离开圣托贝。不过，如今他们的名字连同作品，都被当作圣托贝的旅游资源，成了圣托贝的一个符号。

任何一座无名之地乌鸦变凤凰之后，旅游一盛行，趋之若鹜的游客和无孔不入的商业，都慢慢地并且舒舒服服地将它们变成另一副模样，梦回前朝，该是何等艰难。所谓成也旅游，败也旅游。

2009 年 5 月法国归来

芝加哥奇遇

我觉得，那应该算是一次奇遇。

那天，去芝加哥交响大厅听他们演奏海顿的大提琴音乐会，在芝加哥大学前的海德公园那站赶公共汽车，紧赶慢赶，还是眼瞅着车门旁若无人般“砰”的一声关上，车屁股冒出一股白烟跑走了。只好等下一辆，心里多少有些懊恼。就在这时候，慢悠悠地走过来一位老太太，满头银发，身板挺括，精神矍铄。我没有想到，下面是音乐会演出之前，老天特意为我加演的一支序曲。我应该感到庆幸没有赶上那辆车，否则，将和这位老太太失之交臂，便也没有了这次奇遇。

等车的只有我和老太太，闲来无事，便和老太太聊起天，偏巧老太太也是爱说的人，一起打发漫长的等车时间。老太太是德国人，开始和丈夫在爱沙尼亚工作。“二战”之后，爱沙尼亚被苏联占领，一直到 1952 年，她和丈夫才有机会离开那里，来到美国。丈夫研究生物学，在芝加哥大学当教授，后来又当了系主任。老太太便落地生根一般，一直住在了芝加哥，再没有动窝。

一边听着，心里一边暗暗算着，老太太得有多大年纪了。从来芝加哥到现在就已经过去了五十八年，再加上在爱沙尼亚工作的时间，起码有八十多岁了。可看老太太的样子，哪里像呀。我们这里八十多岁的老太太，谁还敢再挤公共汽车？尽管一般不问外国女人的年龄，我心里的疑问还是忍不住地问出了口。老太太的回答，让我叹为观止，老天，她竟然整整九十岁了，这简直有点儿像是老树成精了。

她看出来我的惊讶，连说“我是 1920 年生人”，天真地证明着自己，绝对没有错。我忙说没想到您的身体保养得这样好。她笑着摆摆手说，不是保养，是常常听音乐会的结果。

原来，我们是同道，都是去听芝加哥交响乐团的海顿大提琴音乐会。一下子，涌出同是天涯爱乐人，相逢何必曾相识的感觉。心里一个劲儿地想，这个世界上还有几个九十岁的老太太，能够有如此的兴致，身板如此硬朗，大老远的挤公共汽车去听一场音乐会？不敢说是绝无仅有的奇迹，也实在是难得一遇的奇遇。

车一直没有来，让我们多了一些交谈的机会。我知道了，老太太一生中最大的爱好就是音乐，芝加哥交响乐团是陪伴她半个世纪的朋友，从库贝利克到索尔蒂到巴伦博依姆，几任指挥走马灯一样轮换，她对乐团却葵花向阳一般始终如一，每年在它的演出季里挑选自己钟爱的音乐会，挤公共汽车去听，是她这些年的坚持。听到这里，我对老太太肃然起敬，无论什么事情，能够坚持这么长时间，就都不是一件简单的事情了。许多的经历，一次两次，也许说明不了什么问题，但坚持下来，放在人生的长河里，能随着时间一直流淌至今，即使穿不起一串珍珠，也穿起了属于自己最珍贵的记忆。尤其到了老太太这样的年纪，人和人之间显现出来的差别，不在于地位、房产或儿孙的荣耀，除了身体，最主要的就是能够拥有属于自己的回忆，这是一笔无人企及的最大财富。

不过，老太太也有属于自己的遗憾，那就是丈夫的工作忙，这辈子没有陪她听过一次音乐会。如今，丈夫早已经先她而去，她依然坚持自己一个人去听音乐会。她对我说，丈夫虽然没法陪她听音乐会，但一直都特别高兴她去听音乐会，每一次去听完音乐会回到家里的时候，丈夫总会听她讲讲音乐会的情景，便也和她一起分享了美妙的音乐，成了最难忘的时光。本来说好的，丈夫要陪她听一次音乐会的，票都提前订好了，丈夫却住进了医院，再也没有起来。

“是莫扎特。”老太太没有告诉我是哪年的事情，只告诉我听的是莫扎特的音乐，话音里并没有什么特别的哀伤，核桃皮一样皱纹覆盖的眼睛里闪着亮光，那里面也许更多的是回忆和怀念吧。我猜想，在没有丈夫的日子里，听音乐会不仅成了老太太爱乐的一种习惯，也成了她和丈夫相会的一种方式。

车来了，我要搀扶她，她却很硬朗地一个人上了车。这一晚的音乐会，是我听过的音乐会中最奇特的一次。因为有了老太太奇特的年龄和奇特的经历的加入，就像在乐谱里加入了奇特的配器，在乐队里加入了奇特的乐器一样，让海顿的大提琴多了一层与众不同的韵味。特别是觉得低沉的大提琴，那么像一位饱经沧桑却又保持一腔幽怀的老人。

2010 年 6 月 17 日于新泽西

客厅里的鲜花

朋友丹晨夫妇在美国新买了一套单体别墅，靠近普林斯顿老镇，临达拉维尔河，我笑着打趣说是亲水豪宅呢。她也笑了，说是二手房，上下两层，小巧玲珑，特别是花园，不是面积奢华的那种，但收拾得花是花、草是草的，错落有致，四周一圈柏树，中间几株雪松，靠餐厅落地窗的一面，特意种了一株修剪得矮小的五叶枫，两侧栽的是书带草和玉簪。朋友一看就喜欢上了，本来已经订下了另外一套别墅，且交付了订金，却喜新厌旧地当场决定退掉那套，选择了这一套。

这一套的房主是一对退休的白人老夫妇。在美国，老年人大多不跟子女一起居住，他们的房子，一般是越住越小，因为退休收入减少，也因为体力减弱，收拾房间和花园已经力不可支，便卖掉大房子，搬进老年公寓，拿到卖掉房子的那一笔钱，舒舒服服，手头宽裕地安度晚年了。

拿到钥匙的那一天，朋友约我和其他几位朋友一起看房子。花径缘客扫，先看见花园收拾得干干净净，草坪上新剪的草，剪草机留下的整齐痕迹很明显。走进房间，已经四壁一空，家具都搬走了，但墙壁、地毯、楼梯、壁灯、落地窗和白纱窗帘，都还显得簇新，真想象不出这是住了十多年的老房子。

我对丹晨说："这对老夫妇还真不错，临搬走之前，把这里收拾得干干净净。"丹晨说："这对老夫妇和这套房子很有感情，他们对我们说，你们搬进来一定要好好爱护，特别是这个小花园，从一开始的设计到后来的维护，有这对老夫妇这十多年太多的心思。"

更让我没有想到的是，丹晨指给我看，客厅吧台上摆着一个瓷花瓶，花瓶里插着几枝天蓝色的绣球花和几枝金黄色的太阳菊，四围还点缀着几簇各种颜色的我叫不出名字的小花。丹晨告诉我，这花瓶和鲜花，都是主人留下的，显然是在搬走的这一天特意买来的。丹晨说上午他们来交接房子拿钥匙的时候，一对老人还在忙着把最后几个大箱子搬上卡车。但他们没有忘记买一瓶鲜花，留给新主人。

那一刻，那一瓶鲜花，在空荡荡的客厅里显得格外醒目，漂亮鲜艳得如同雷诺阿笔下的鲜花。

花瓶旁边，立着一张精美的对折贺卡。我拿起来一看，上面密密麻麻写满了钢笔字，这张贺卡，竟然也是原来的主人留下来的。丹晨大声地对我说："念一念，上面都写着什么？"我说："是在考我吗？"我英语拙劣，但贺卡上的这些字大致还认得，大意是：房间的新主人，今天你们就搬进了这个新家，希望你们能够喜欢它。也希望你们在这里度过你们一生中美好的时光，让这里伴随你们一直到老，到生命的尽头。我大声地念了起来，回声轻轻地在挑高客厅回荡着。看得出，一起来看新房的人，都有些感动了。

那一刻，我的心头也忽然一热，同样为这对老夫妇感动。因为我实在不知道，在我们这里买二手房的时候，会有多少人能够如这对老夫妇一样，在临搬走之前，不仅为你整理好花园、打扫干净房间，还为你留下一瓶鲜花和这样一帧写满感人肺腑词语的贺卡？我们这里，疯狂的二手房交易，房子的老主人和新主人，已经完全成为赤裸裸的金钱关系，而房间便只剩下了居住面积和建筑面积以及疯长的价格和锱铢必较或水涨船高的心理斗法，少了人居住的气味，更别说人情味和鲜花的芬芳气味了。

丹晨的老公这时候从厨房的壁橱里拿来一瓶香槟和几只玻璃杯，跑进客厅高兴地叫了起来："快来开香槟，咱们来庆祝庆祝乔迁之喜。"香槟的泡沫如雪花一样从瓶口喷涌出来的时候，我才知道，这香槟和玻璃杯也是这对老夫妇特意留下来的。

2010 年 7 月 28 日普林斯顿

水牛城辣鸡翅的味道

水牛城辣鸡翅，一直很有名。只不过，今年5月美国总统奥巴马来过水牛城专门吃了一份辣鸡翅，便肥肉添膘一样让它更加有名。

水牛城位于伊利湖畔，城外不到三十公里便是尼亚加拉大瀑布，是来美国看尼亚加拉瀑布的必经之地。所以，人称水牛城两样最出名，一为大瀑布，一为辣鸡翅，就像我们到北京看完长城，如果不吃烤鸭，不算逛了北京城。奥巴马亦未能免俗，也要专门来尝尝辣鸡翅。辣鸡翅店，在水牛城出名的有两家，一家在城里，一家在郊外。城里的那家，店大些，极辣的鸡翅被评为全美第一名；郊外的这家，店小些，微辣和中辣的鸡翅被评为全美第一名。奥巴马去的是郊外这一家。

我选择的也是这一家，店名叫作DUFFS。到了那里一看，排队的人已经甩出了店门外，看来人们都选择了这一家，可谓英雄所见略同。奥巴马成了这家小店的免费广告。

这确实是一家小店，红顶白墙，红窗红门，立在十字路口一则的草坪上，白墙上硕大的“DUFFS”这几个红色字母，十分醒目。遮阳的窗帘上写着它建店的时间——1946年，这在美国就算得上老店了。

挤进门，低矮的房间里，人满为患，问了一下吧台前的女店员要等多少时间，曾经和奥巴马拥抱合影的这位小姐答曰：“一个小时。”

有心不等了，待看到吧台旁一个小得不能再小的休息室，迎面墙上挂着一个镜框，里面摆着奥巴马来这里和店员、顾客合影的几张六寸的照片，其中一张便是那位女店员，才知道她叫哈莉，当时就是她慌不择言地惊叫奥巴马为“帅哥”，其实她自己是位靓妹呢。一侧的墙边是把只能坐三个人的窄小木凳，木凳上已经坐着三位白人，一对中年夫妇，一位银发飘飘的老太太，正在和站着的小伙子说话，看长相小伙子应该是老太太的外孙。见我走近，中年的女人站起来给我让座，本没想坐下，便客气地坐下了，和老太太聊了几句，方知老太太已经七十六岁，坐了七个多小时的汽车，专门从波士顿跑来看瀑布。“怎么能不吃这里的辣鸡翅呢？奥巴马都来过呢！”她笑笑说，皱巴巴的脸上绽开一朵金丝菊。

听完老太太这样一说，我也耐心地等候辣鸡翅了。一万年太久，只争朝夕；一小时不长，只等辣鸡。

餐馆里的名人效应，从来都是顾客盈门的法宝。口口相传，无形中会给这家小店的辣鸡翅增添新的味道，所谓菜以人名，店以名传。在我们老北京，有名的老餐馆，莫不有一段与名人来往的经历，成为这些老字号传家的资本和骄傲。其中最有名的，莫过于鲁迅先生和广和居、梁实秋先生和致美斋了。只可惜，这样的传统如今大多丢失。

说起丢失，不只是说广和居和致美斋老店早已不复存在，而是说我们已经没有了这样口口相传所积累下的文化品位与品质，如今的我们更重视的是对这样名人效应的爆炒，过分张扬的结果，让人看不出其文化的价值，只赤裸裸地看到经济的欲望。我去过北京的几家餐馆，墙上挂满了店家与名人合影的放大照片，以及名人的题字。这些名人太多，且大多不过是演艺界的一些时尚明星，便如撵着鸭群过河一般，只留下闹哄哄的气氛，让人觉得店家不过是借水行船，借着这些脸熟的所谓名人，拉旗吆喝而已。

这家 DUFFS 小店，除了那几张奥巴马的六寸照片，不甚张扬，很是低调，却让自己辣鸡翅的声名不胫而走。或许，这是东西方经营理念的区别，更是对名人的态度的差别。我们一直崇尚名人，痴迷乃至迷信癫狂，而人家可以把奥巴马叫作“帅哥”，以为自己家的邻居一样。总统再出名，一届又一届，走马灯一样更换，如今水牛城的市政府前还立着第十三届总统菲尔莫尔的雕像，可有多少人知道他呢？辣鸡翅却总是要吃的，起码从 1946 年到现在味道没有变。

一小时后，辣鸡翅终于等到了。说心里话，味道不怎么样。但等候这一小时品味到的，不仅仅是这点儿味道。

2010 年 8 月记于水牛城

女人花

这次来美国住得时间久，萍水相逢，认识了好多人，主要是在小区的花园里认识的。花园里种着樱桃和玉兰，春天开满了花，夏天遮满阴凉，在变化的两个季节之中，认识的人越来越熟悉了起来。

早晨在小区的花园里散步，这里空旷寂静得很，年轻的孩子们都去上班了，老人们便如鸟出笼了，花园成为最好的去处。有意思的是，我很难碰见美国老人，碰到的总会是那几个中国人。本来住在这个小区里的中国人就不多，这时候就跟到点儿开会似的，在这里聚齐。渐渐熟悉了，大家都有一种他乡遇故知的感觉，脸上拘着的面子松开了，家长里短的话便稠了起来，用这样咸的淡的话，相互打发着来美国寂寞的时光。

几乎每天早晨 8 点钟，准时能碰到那位浙江老太太，推着一辆婴儿车来了。说是老太太，是她自己的称谓，其实，她才五十多岁，一副精力充沛的样子，说话跟蹦豆儿一样地快。每次见到我，她几乎都是同一套嗑儿，头一句话准会说："烦都烦死了，我一天都不要住了！"烦的原因，不是孩子，不是女儿，而是女婿。女婿是福建人，但来美国时间长，已经是美国公民。生活习惯完全美国化，特别是饮食，牛肉鸡鸭只吃烤的，蔬菜只吃生的，而且必须是有机的，吃完之后，喝咖啡和工夫茶，一顿饭下来要吃三个多小时。她好心好意给他炒两个杭州菜换换口味吧，女婿对女儿说：“你妈炒的肉在哪里呢？”这话不爱听还在其次，关键是后一句话刺激了她，气得她要命：“中国吃的东西都是垃圾。”难道我们一辈子吃的都是垃圾？

她是来给女儿看孩子的，孩子没有出生前，她就来了，好在现在孩子四个多月了，签证的日子快到了，快回家了。有一次，她对我说：“你说我来这里算什么？算主人，主人是人家女儿女婿；算客人，客人还得整天地干活；算仆人，又不拿工钱！这样的日子可算快熬到头了！”

小孩子睡着了，她要推着车回家了。一般这时候，山东女人会领着一个快两周岁的孩子出现在公园，和她交接上下半场。她也是为女儿看孩子的，她的女儿嫁给了一个美国人。美国人和我们的观念不一样，老人不会如我们的老人一样亲自躬身帮助子女带孩子，于是，孩子只好她一人忙活，她已经来回奔波美国好几次了，把孩子带到快两岁了，心想可以把孩子送到幼儿园了，自己的任务就完成了。前些日子刚回国，没出两个月，屁股还没有坐热，女儿来电话了，让她再回来，幼儿园要排队，一时半会儿进不去，孩子在家里满地跑，按下葫芦起了瓢，实在是没办法。心疼女儿，也想念外孙子，便又杀了个回马枪。山东女人不爱讲话，没有那么多牢骚，外孙子长得像个小洋人，活泼可爱，她是心甘情愿。

最后来的是那位云南老太太，是名副其实的老太太了，已经年过七十了。和前两位女人一样，也是来给女儿带孩子的，稍微不大一样的是，她带的孩子已经十岁了。这十年来都是她和亲家轮流来，把孩子一手带大。现在孩子上学了，她也轻松多了，每天帮助做做饭，打扫打扫房间，放学后陪孩子玩玩，说说中国话，认认汉字，孩子和她很亲。我们都说她是苦尽甜来，功德圆满，可以尽享天伦之乐了。她呵呵乐着，看得出挺满足。

前几天，碰见了浙江女人，她的脸拉得很长。我问她怎么啦？她说：“烦都烦死了。女儿替我办理了签证延长半年，把返程的机票废了，又多花了八百多美金买了新机票。”我说那是女儿舍不得你走。她说：“她有那样的孝心？是为了让我帮她带孩子。女婿在南方工作，每两周回来一趟，女儿一个人照顾孩子，实在玩不转。”

那天，孩子睡着了，她要走的时候，山东女人来了，她忍不住把这番牢骚对山东女人又唠叨了一遍。山东女人叹口气对她说：“父母为儿女一辈子当马牛。我一直没对你讲呢，我的女儿又怀孕了，我还得接着伺候下一个，比你日子还难熬！”浙江女人不说话了，两人惺惺相惜了一番。

一连好些天，没见到云南老太太了，担心她不会是病了吧？昨天傍晚在小区的路上遇见了她。忙问她怎么啦？她一脸愁云惨淡，对我说：“这个星期天，女儿对我说，妈，现在小孩子已经十岁了，也大了，这次您回国就不用再来了。”说完之后，她还张着嘴，像被撂到旱地上的鱼，愣愣地望着我。

女儿这话说得可是够绝的。我不知道该如何安慰老太太，想起了浙江女人对我说过的关于“主人、客人、仆人”的话，当时觉得不过是玩笑或气话，此刻却心头暗惊，云南老太太算什么呢？连仆人都算不上了，像块用过的抹布，用过十年，随手可以抛掉了。

想起梅艳芳的那首《女人花》。里面有这样一句歌词：“女人花，随风轻轻飘动，只盼望一双温柔的手，能抚慰内心的寂寞。”虽然是情歌，不是唱给老太太的，但老太太，特别是千里迢迢来国外替女儿照看孩子的老太太，在异国他乡忍受了多少寂寞，吃过了多少苦楚，不需要报答，只盼望儿女温柔的手抚慰她们一下，就都可以化解了。

女人花，女人花，做女儿的以为自己才是女人花，母亲老了，已经不是了。

2010 年 8 月 10 日记于费城

费城浪漫曲

费城市中心有座公园，颇有点像巴黎的卢森堡公园，特别是一方水池很像卢森堡公园里的美第奇喷泉。只是更小巧袖珍，紧邻费城寸土寸金的商业街，能有这样一块闹中取静的公园，要归功于当初城市的规划者。

夏天的公园里，绿荫如盖，一下子凉快了许多。是个周末的黄昏，我走进公园的时候，发现人比往日多，今年夏季费城奇热无比，人们都到这里来乘凉了。沿着甬道走进去，一路看见好几位街头艺人，在演奏萨克斯和吉他，或自吟自唱，他们的身边放着一个小纸盒，或自己的帽子，供游人往里面放钱。这算是这座公园的一景吧。附近居住的人，逛商业街逛累的人，都愿意到这里来，顺便听听他们的卖唱，他们的技艺正经不错呢。

走到公园深处这座水池前的时候，看见两个华人小伙子正在那里演奏小提琴，听不出是什么乐曲，旋律如怨如诉，格外幽婉抒情，二重奏的效果非常好听，起伏的鸽子一样，在身边翩飞萦绕。忍不住坐在水池边倾听，才发现四周已经坐着不少人。好听的音乐总能如磁铁一样吸引人。

起初，我以为和刚才看到的卖艺者一样，也是两个街头艺人，但我很快否认了自己的这个猜测。两个小伙子都穿着笔挺的西装，白衬衫配黑裤子、黑皮鞋，非常正规的演出服，根本不像刚才看见的卖艺者穿戴随便，有的简直就像嬉皮士。而且，他们的身边也没有纸盒或帽子，如果是卖艺者，人们往哪里给他们放钱呢？

那么，他们为什么要到这里演奏？便猜想或许是音乐学院的学生，利用周末到这里来练练手，为将来的成功先奏响一支序曲？

就在这时候，忽然看见一男一女两个白人走到演奏者前面小小的空场里。小提琴声如此缠绵悱恻，谁都想跳进乐曲旋律的旋涡里，就像这样炎热的天气里跳进身后的水池中清凉一番，所有的观赏者没有任何反应，仍然关注于小提琴。我仔细打量了他们一下，两人都很年轻，男的长相英俊，女的身材秀丽，只是和两个演奏者相比，他们的穿戴实在太随意了，男的穿着短裤和人字凉鞋，女的穿着豆青色抹胸连衣裙，他们每人的手里还各牵着一条小狗。心里想，一定和我一样，也是来逛公园的，听到这样迷人的音乐，忍不住跳进去翩翩起舞。

小提琴声还在轻柔地飘荡着，仿佛因为有人走到他们面前捧场而拉得格外来情绪，声音显得越发柔肠绕指，拉得人心里都跟着一起绵软得要融化了。只见那一对男女手牵着手，来回转着圈，轻轻地随着乐曲舞动了起来。由于节奏很舒缓，他们的步子如同踩在云朵里，轻柔得几乎看不出来。然后，女的把自己的牵狗绳交给了男的，本来一边一只的小狗，聚拢在一块，和他们的主人一样欢快地亲热起来。女的则腾出了两只手，伸了出来，奥菲丽娅的花环一样，轻轻地环绕在男的脖子上，一双天蓝色的眼睛，那么近地望着男的。

人群里有人叫了一声：“吻一个！”

男的很矜持，微微地笑了，弯下了头，吻了一下女的。人群里响起了掌声。女的忍不住紧紧地拥抱着男的，头靠在他肩上，一头金色的长发如金色的瀑布一样流泻下肩头。

如果是一般人，这时候是恰到好处的高潮，有音乐，有掌声，有热辣辣的夕阳，该退场了。谁想到他们两个人却有些恋恋不舍，就像两只戏水的鸳鸯，舍不得离开这样清澈的水池。当女的头从男的肩头上抬起来，男的扶着她纤纤细腰，轻轻地兜了一圈，长摆的连衣裙兜起一个漂亮的弧。然后，他们紧紧地拥抱，又密密地接吻。掌声再一次响起。那一刻，我以为周围的观众在起哄，我甚至以为是不是在拍摄电影。但我看了一下，人们很真诚地望着他们，不像我们这里爱起哄架秧子，树丛中也没有摄影或摄像机。而两位小提琴手似乎没有受到任何干扰，一如既往地拉着小提琴，琴声没有中断，如同两泓长长的泉水潺潺地流淌。

这一对男女如此往复了好多次旋转拥抱和接吻之后，男的把自己手指上的一枚铂金戒指戴在女的手指上的时候，最后一次掌声响起来。我和在场的所有人此刻都明白了，一切是他们的安排，地点是他们选定的，琴手是他们请来的，效果是他们设想的，只有夕阳和我们是不请自来的。他们把自己的求婚仪式别出心裁地放在了这里，放在了小提琴幽幽的旋律里，一定让他们自己感动了。我都有些感动，对比我们这里豪华宴席、高档名车，乃至九百九十九朵玫瑰式的奢靡却千篇一律的示爱求婚或结婚的仪式，他们的朴素和新颖，需要智慧，更需要对爱的理解。

我看到，他们手挽着向两位小提琴手走去，琴手收弓了，他们笑着向琴手握手致谢。夕阳的余晖，正打在他们的脸上，还有那枚戒指和两把小提琴上，跳跃着金子般的光亮。

2010 年 9 月 1 日写于新泽西

罗切斯特旧城漫步

8月盛夏，去了一趟罗切斯特，市中心竟然空无一人。想想，也是，罗切斯特如今还能够吸引人，主要是它拥有柯达公司总部，而柯达公司的老版胶卷的发明者伊斯曼先生的故居，成为摄影博物馆，收藏着各种古老的照相机和摄影机以及摄影大师珍贵的历史照片。趋之若鹜的人们都去了那里，两相对比，这里清静得只有热辣辣的阳光在石板地上寂寞地跳跃。

罗切斯特市中心叫High Fall，满街的街灯杆子上都飘扬着写满“High Fall”的彩旗，非常醒目。这座美国中部的城市，19世纪末和20世纪初，在美国工业化进展时代里发挥过巨大的作用，它曾经是美国第一个用蒸汽的城市，因为是在安大略湖岸边，伊利河没改道前从市中心穿过，有丰富的水源，它的水力运输和水车动力生产都很发达，其中面粉制造业最为著名，曾被荣称为“面粉城”。它的市中心，当年便是厂房林立的工业区。柯达公司的总部大厦，也矗立在这里。只是历史的变迁最容易让人们喜新厌旧，铁路发展起来之后，罗切斯特曾经的辉煌，变成了逐渐的凋零。

不过，罗切斯特并没有让它成为一座废城，它的旧城改造非常成功。当年高耸的烟囱不再冒烟，却成了市中心的地标，烟囱顶端有彩色的“High Fall”字样组成的图案，摇身变为现代派的雕塑。旧的厂房依然矗立在珍妮西河的河边，当流淌废水的河流筑起了一道大坝，河水流淌下来，形成了一道瀑布，如今市中心High Fall的名字就是由此得来。河流上当年工人上下班必经的一座桥，已经成为一座步行桥，上面错落有致地摆放着长椅，逶迤成一条美丽的曲线，配以造型别致的街灯和天蓝色的桥栏，让废桥成为艺术品。

走下桥，是用铸铁围固的一个磨痕斑驳且有裂纹的石磨；靠近瀑布的一端，有一个木水车，镶嵌在粗粝的岩层中，四周是水槽；两者旁边有说明，是一个世纪以前这里面粉厂的遗迹。

最让我感兴趣的，是当年工厂排放废水的暗道，如今变成了明渠，清澈的水流将厂房环绕。水渠上搭了几座小木桥，摆放着鲜花，颇有些我们丽江老城溪水环抱的感觉。而当年的一溜厂房，被改造成旅游接待中心，上下两层楼辟为了罗切斯特历史的展览。渠水对面街角的一处厂房，则成了礼品商店。

我以为罗切斯特旧城的改造，有两点颇值得我们学习。一是历史形成的旧城，岁月让其磨出了厚厚的老茧，我们特别愿意做的事，是将这些老茧通通挖去，而时兴在旧城点上鲜艳的美人痣。罗切斯特却是有意保护下了这些老茧，并且在这些老茧上做足文章，这文章是锦上添花和翻旧为新式的做法，不是一个“拆”字了得。二是按照我们的思路，市中心是寸土寸金之地，惯性的做法便是将其改造为商业街或商品房。而罗切斯特却是改造成了这样根本没有一点儿商业价值的模样。除了一个礼品店，连一个小餐馆都没有。如果是我们，起码在步行桥边得设立一个酒吧，买几杯啤酒和花生仁、猪头肉，坐在桥上观风景才会有味。

罗切斯特旧城的改造，没有让岁月的遗存在现实的改造中荡然无存，让历史在一轮轮改造中沦为老照片中的记忆，或博物馆里的标本。罗切斯特旧城的改造，让历史依然看得见、摸得着，活生生地走进了现实，走到了我们的面前。走在这样的老城中心，似乎逝者并不如斯，而是如那渠水环绕旧厂房一样环绕着我们。任何一座老城因其老，都有旅游的价值，只是这价值并不仅仅局限于经济。老城因其老，其实更需要呵护，历史年轮让老树成精，才会让我们感受到岁月的馈赠和历史与今天的血脉相连的关系。这是老城区别于新城的独特价值。

就在我要离开 High Fall 的时候，迎面看见一位白人老头儿走了过来，他脖子上吊着一台尼康相机，正边走边对着老厂房拍照。我们相视一笑，似乎心有灵犀，都在告诉对方：这样的地方，别具风味呢。

2010 年 9 月于新泽西

芝加哥听乐

到芝加哥，正好赶上这里的音乐季，而且，非常凑巧，正有芝加哥交响乐团的指挥巴伦勃伊姆的谢幕演出。自从“9·11”事件之后，芝加哥交响乐团的票房下降，虽然依依不舍，但最后乐团不得不和巴伦勃伊姆解约。这将是巴伦勃伊姆最后执棒指挥芝加哥交响乐团，一共三场交响乐——马勒《第九》、布鲁克纳《第九》和贝多芬《第九》，都是非常值得一听的音乐。在芝加哥市中心的大小街道，到处张贴着巴伦勃伊姆最后演出的广告和他手持指挥棒激情指挥的半身像。

我很想看这三场音乐会的其中一场，作为美国最好的交响乐团之一，芝加哥交响乐团和巴伦勃伊姆有着长期良好的合作，作为告别演出，巴伦勃伊姆肯定会有精彩的演绎。我是3月中旬就到了芝加哥，按说时间并不晚，却早早地赶到芝加哥交响乐团的交响大厅售票处，得到的消息让我扫兴，这三场演出是在5月下旬，作为音乐季的压轴戏，而那时正是我离开芝加哥的日子。没有办法，只好退而求其次，挑选了音乐季的其中一场，买下了票，心里充满着遗憾，无奈地和巴伦勃伊姆擦肩而过而失之交臂。

应该先说一下音乐会的票价，我买的这场音乐会的票子是最好的座位，每张六十美金，同样这场音乐会最便宜的票每张二十美金，学生票每张十美金。当然，如果是周末或节日，同样曲目和指挥的音乐会，同样的座位，票价要翻一番。即使这样，最贵的每张票合人民币一千元，而平常的日子里，最贵的每张票是不到五百元人民币，最便宜的是一百六十元人民币，学生只要花八十元人民币就可以听一场最好的音乐会了。买票的时候，心里忍不住和国内音乐会的票价做了个对比，同样的芝加哥交响乐团如果来华演出，一场音乐会又卖到多少钱一张呢？如果按照收入与物价的指数，将美国和我们做个对比，十美金只是美国大学生的一顿普通的饭钱，在学校的餐厅里买一杯可乐要一美金多，也就是省下几杯可乐的钱就行了。可以看出，我们的音乐会的票价实在是有些虚高，难怪有大学生在网上给文化部部长写信，说高雅艺术高雅倒是高雅了，我们得看得起呀。

听音乐会那天，遇见一位中国留学生，上海复旦大学毕业，在波士顿大学读的硕士，现在正在威斯康星大学读博士，是位古典音乐的爱好者，专程开车二百多公里从威斯康星跑到芝加哥听音乐会。他对我说，在美国听音乐会真的是便宜，所以尽可能地多听一些，要是回了国，哪里听得起呀。同时，他告诉我，在波士顿，波士顿交响乐团的演出，一整个音乐演出季所有场次的联票，对学生优惠，只要二十五美金，就可以一下看尽长安花。在纽约，音乐会更丰富，可以选择的更多，票价也并不贵，我到纽约大都会歌剧院听一场歌剧，是站票，才要五美金。这样算起来，我们的票价，真的应该反省一下才是。不是要和世界接轨吗？演出的档次质量没接上轨，票价也没接上轨，那轨接到“鬼”上去了。

还应该说一下芝加哥交响乐团的这个交响大厅，芝加哥交响乐团创立于 1891 年，这是乐团自己的演出地，也是芝加哥市最有名最好的音乐厅。它位于市中心最热闹的密歇根大街上，街对面就是有名的芝加哥美术馆，让音乐和美术彼此辉映。这是一座老建筑，当然，在美国再老的建筑也没有多少年的历史。在芝加哥，它就算是老建筑了。外表并不大，也不显著，甚至夹在摩天大楼中，显得有些矮小，很不起眼，像一块三明治。如果不是楼体上面正中刻有贝多芬的名字，左右分别刻有巴赫、莫扎特、舒伯特和瓦格纳的名字，你不会以为它是一座音乐厅。但它的里面很辉煌，环形的场地，金色的穹顶，三层楼层，中间还夹有一层包厢，连舞台的两旁和后面都是座位，坐在任何的一个角落里，都可以清晰地看到舞台，哪怕最高一层，与舞台的直线距离也都是相差不多的。音响效果自然不差，因为它就是为听音乐的，不做别的演出或开会用，所以它的舞台并不阔大，装得下一个交响乐团的编制就可以了。它外面的厅也不大，除二楼有一个咖啡厅，一楼四周只是一个环行的走廊权且当休息厅，四周的墙上挂满曾经到这里演出过的音乐家的照片，是唯一的装饰，串联起它的辉煌的历史。

不过，和休息厅一侧相连的音乐商店，很有特色，里面的商品全部和音乐相关，音乐厅外貌的磁盘、雕塑、T恤、冰箱贴、钥匙链，印着音乐家像的毛巾、玩具、文具、玻璃杯、明信片，各种精致的乐器，大到真的电子琴，小到袖珍的萨克斯、铅笔刀，还有印有莫扎特头像的巧克力……真的是琳琅满目，给音乐爱好者一种选择纪念的机会。有意思的是，这里不少东西产自我们中国，但我们国家自己的音乐厅里，见不着这样的纪念品。我们这里更重视印制精美的音乐会节目单，要价自是不菲。

还有有意思的是，这里的服务员，全部都是老头儿老太太，一身红色的西装，都像是圣诞节里老爷爷老奶奶一样，笑吟吟地站在门口检票，为你领座，为你免费发放音乐会的节目单。

最后应该说说音乐会的内容了。但因为没有听到巴伦勃伊姆指挥的音乐会，这已经不重要。我只是选择了我喜欢的音乐家的音乐而已，指挥是个年轻人，亚美尼亚籍的帕沃·耶尔维，他曾经到上海演出过，指挥的风格干净利落，内敛含蓄，没有我们常见的那种表情丰富的张扬。这天，他上半场指挥的曲目是西贝柳斯的《芬兰颂》、勃拉姆斯《海顿主题变奏曲》、斯美塔那《我的祖国》中的《伏尔塔瓦河》；下半场是德沃夏克的《第九交响曲》（《自新大陆》）。特别值得一提的是，小提琴首席是我们中国人，来自上海，让我一时很兴奋，谢幕时为他多鼓了好几次掌。

还颇值得一提的是，音乐厅门口一直坐着一位黑人流浪汉，抱着把吉他在尽情地弹唱着，和音乐厅内的演出相安无事，倒也雅俗共存，同舟相济，一起把音符撒在芝加哥春天明朗的夜色之中。

2010 年岁末写于北京